SONGBAI CHANGQING

松柏常青

——成光诗文集

成 光◎著

时代出版传媒股份有限公司
安徽文艺出版社

U0607263

图书在版编目（ＣＩＰ）数据

松柏常青：成光诗文集/成光著. —合肥：安徽文艺出版社，2019.11
（2022.7 重印）
　　ISBN 978-7-5396-6804-8

　　Ⅰ．①松… Ⅱ．①成… Ⅲ．①散文集－中国－当代②
诗集－中国－当代 Ⅳ．①I217.2

　　中国版本图书馆 CIP 数据核字(2019)第 235346 号

出 版 人：姚　巍
责任编辑：胡　莉　　卢嘉洋　　　　　　装帧设计：徐　睿

....

出版发行：安徽文艺出版社　　www.awpub.com
地　　　址：合肥市翡翠路 1118 号　　邮政编码：230071
营 销 部：(0551)63533889
印　　制：山东百润本色印刷有限公司　　(0635)3962683

....

开本：880×1230　1/32　印张：7.25　字数：200 千字
版次：2019 年 11 月第 1 版
印次：2022 年 7 月第 2 次印刷
定价：49.80 元

....

（如发现印装质量问题，影响阅读，请与出版社联系调换）

序　言

　　我的第一部散文集作品《成光散文集》出版后反响较好，主要是金庭柏老同志的序写得好，他的社会影响力也提高了书的身价。许多读者给了我很多鼓励。特别是德高望重的黄连庄老同志，虽然年近九十高龄，但坚持看完了书的全部内容，告诉我他对文章中的许多观点非常赞同，同时指出了多处不足的地方。还有许多读者认同并传播着文章中的一些观点。这些都是对我的极大鼓励，鞭策着我继续耕耘。三年来，我又撰写了各类作品近八十篇，完成了第二部文集——《松柏常青——成光诗文集》。我的乳名是苏生，是我父亲给我起的，希望我的出生能给家里带来复苏和生机。现在，我在写作过程中一次次地感受到我的心灵在复苏。

　　《松柏常青——成光诗文集》除了保留着哲理性小品文、杂文以外，更多的是记叙性散文，如《老街往事》描写了少年生活的经历和淳朴的市井文化，反映了我生活、学习和工作的历程，凝聚着我对生活和工作的热爱，那些作为街坊邻居的大爷、大妈又鲜活起来;《我的入团》反映了那个年代的政治特点;《来自南陵的乡愁》《心有情系半世缘》回忆了我工作的主要经历,表达了对老同事、老朋友、人民群众的情感,体现了敢于担当的精神;《北非游记》平面地记叙了摩洛哥、突尼斯的人文景观,不同于《成光散文集》中游记的思考性,可让读者轻松阅读。

《新视角》里的十六篇文章,用哲学的观点思考社会、思考人生、思考事物规律,提出了一些具有哲理性的观点。如《切莫让攀附成为文化》就针对生活中的攀附现象,提出切莫让之成为司空见惯的文化行为的警示,等等。

《诗词篇》中四十九篇诗词都是写给家人、朋友、同学的即兴之作。

作为业余作者,我只是把分散的文章收集起来,印成铅字,作为纪念。文章的思想性、艺术性还远远不足,敬请读者谅解、宽容并予以雅正。在这里,我真诚地感谢。

成　光

2019 年 5 月 10 日于芜湖

目 录

乡愁篇

新视角

乡愁篇

之卷篇

松柏常青

　　2017年10月1日上午，回然园一号大厅，里里外外挤满了前来吊唁的人。在哀乐声中，人们忍着悲痛，默默地向金庭柏同志的遗体告别。金庭柏同志安详地躺在玻璃棺里，静静地接受着大家的送行。

　　这个告别，没有仪式，没有主持人，没有生平事迹介绍，没有家属致辞，一切都在无言之中。大厅的电子屏幕上也没有金庭柏的名字，只有"松柏常青"四个大字。这种简单、这种超脱，又一次增加了我对金庭柏同志的敬意，他的人格形象在我心目中又有了一次升华。

　　我和金书记是上下级关系，在工作交往中、在退休后的忘年交中，我们结下了深厚的友谊。我常常回忆和品味他宽以待人、严于律己的人格魅力，回忆和品味他敢于担当、坚韧不拔的工作作风，回忆和品味他飞扬的文采和横溢的智慧。这时，我深深理解了"松柏常青"的含义，那历史的一幕幕又浮现在我眼前。

　　20世纪80年代，大办乡镇企业的热潮一浪高过一浪，在大干快上的形势下,也出现了一些阻碍发展的问题。时任市委主要负责人的金庭柏同志敏锐地看到了乡镇企业发展中的弊端,认为需要解决持续发展和健康发展的问题。他利用一切可以利用的时间到县区、乡镇村调研。这时,我已从机械局调到乡镇企业局,每次调研都是我陪同。每到一处,金书记都仔细分析当地的资源、产品、技术人才、企业管理等问题,打破砂锅问到底地盘家底,鼓励企业家讲实话,多层次了解企业发展环境。当时,他就提出以集体企业为主体、办骨干企业的主张,还提出了给企业负责人依法保护,给"带红字企业"(指冠公名实民办)依法摘帽子等营造良好的司法环境问题。他还仔细征求企业家的意见,探讨如何发掘人才、培养人才。调研结束以后,市委召开了全市乡镇企业工作会议,金庭柏书记做了长篇报告,他分析形势高屋建瓴,剖析问题入木三分,提出了保护企业家权益、充分发挥企业家作用的问题,并要求政府部门营造好企业发展的环境。就在这次大会上,颁发了市政府一号文件——《关于鼓励各类人才承包领办乡镇企业的规定》(十二条)。这个政策一颁布,在社会上引起巨大反响,轰动了全国。《人民日报》1989年2月20日头版头条,以三层标题给予了报道,题目是"公布一项政策,引来八方人才",这是芜湖在改革开放以来第一次登上《人民日报》头版头条。现在许多优秀企业家都是受了这项政策的感召而投身商海的。现在芜湖许多骨干企业、上市公司都是当年重点扶持的乡镇企业。

从调研到决策,我感受到金庭柏书记一丝不苟的工作作风,感受到他抓重点、牵牛鼻子、纲举目张的思维方法,感受到他超前的决策智慧。

20世纪八九十年代,是一段激情燃烧的岁月。沿海第一批开放城市如火如荼地发展,中央又确定了浦东开发开放的战略。内地怎么办? 芜湖怎么办? 这是金庭柏及班子成员和所有芜湖人思考的问题。芜湖是一个古老的商埠城市,工业基础薄弱,产品门类齐全,中小企业居多,用金庭柏的原话是"处在铜墙铁壁之间(铜陵有铜,马鞍山有钢)",经不起市场经济浪潮的冲击,企业已发生了困难,机关、事业单位已发不出工资,决策者们一致认识到芜湖必须另辟蹊径,寻找突破口。

20世纪90年代初,安徽省委在芜湖召开常委扩大会议,研究如何制订"呼应浦东,开发皖江"的战略。金庭柏等同志认识到在这个战略中,芜湖的地位很重要。他用充分的理由说服省领导和与会人员,重视芜湖的地位和作用。经过努力,与会者一致认为,安徽改革开放要以芜湖为突破口,最终确定实施"以芜湖为重点,实施两点(合肥、黄山)一线(长江沿线)"的开发战略。这是安徽省改革开放以来最有影响力的一项战略。安徽的发展从某种意义上讲,是从这一战略起步的,沿江基础设施、重点产业布局、政策倾斜都是从这里开始的。

安徽以芜湖为突破口,芜湖的突破口在哪儿呢? 金庭柏同志带领有关同志到沿海地区考察。昆山市自费办开发区的做法引起了金书记的高度重视,他认为这就是芜湖的突破口。回来后,在范罗山的常委会议室里,展开了激烈的讨论。因为当时的政策是内地不给办开发区,在省会城市办也要试点。金庭柏书记集中大家意见,最后拍板:"我们集全市之力自费办经济开发区。"有格言说：一头狮子带着的一群羊也能打胜一头羊带着的一群狮子。而芜湖是一头雄狮带着一群狮子，志在必得。于是开发区从0.5平方公里起步，10平方公里开发规划出来了。开工典礼那天，没有上级领导，没有批文和红头文件，只有我们全市摩拳擦掌的干部和群众。忽然，天气大变，狂风吹垮了主席台，金庭柏书记风趣地说："我们的开发区在风雨飘摇中开工啦！"这一直成为让后人自豪的笑话。由于有了这种敢试、敢闯、敢于创新的精神，开发区的开发速度很快。最终中央批准了芜湖开发区为国家级开发区，中央领导亲自来揭牌剪彩。这是内陆地区第一个非省会城市的开发区。芜湖的汽车、电子电器、新材料等几大支柱产业都从开发区起步，逐步发展壮大，芜湖的工业地位由此确立，芜湖经济腾飞由此开始。开发区一直是让芜湖骄傲的名片。这种敢试敢闯的精神一直影响着芜湖，奇瑞也是后人传承发扬这种精神创造的民族品牌。

不仅如此，芜湖还要争取成为更高级别的开放城市。几乎在办开发区的同时，芜湖与九江、岳阳、重庆被列为内陆首批对外开放城市，芜湖港被批准为对外籍轮开放的港口，这就形成了芜湖著名的"三个国家级"。芜湖人只要一提到开发区和"三个国家级"，口必称金庭柏。我作为这段历史的经历者和见证者，深深地感觉到了金庭柏同志高瞻远瞩的判断能力和敢于担当的决策精神。他把自己的名利、地位置之度外，一心一意为了事业、为了芜湖的发展，这种无我的精神构成了他的人格魅力。

1992年5月，金庭柏从急速的工作快车上退下来，转岗任省政协常委,五年后退休。退休后的金庭柏仍然那样诙谐、乐观、睿智,仍然那样挺拔和儒雅。在我退休以后,我们成了忘年交。他比我大 16 岁,属长辈级,但他平等待我,我向他学习了许多难以学到的东西。

他善于学习,掌握新知识特别快。他用电脑打字,可以双手盲打,常批评我是"一指禅",因为我只会用一个指头一个字母一个字母地敲。他对时事、政治、经济理论动态了如指掌,正如他自己诙谐的话——"一目了然",因为他的一只眼睛开过刀,只有一只视力好。每年春节,许多同志都能收到他写的生肖贺卡,这都是他花大量时间了解生肖动物的特性,寻找有关古典诗词文,再根据当前形势写成别具一格的诗、词、赋送给大家的,一篇篇凝聚了他大半年的心血。他把十二个生肖动物基本写完,传递的都是正能量,给我们留下了极丰厚的精神财富。

他有强烈的社会责任感,始终保持着良好的心态,任何时候都没有抱怨,对现任领导、下属始终以肯定的姿态去鼓励、去支持。在"十三五"规划座谈会上,他向省里有关部门提的建议最多的是关于芜湖的交通枢纽问题,得到许多人赞同,因为他始终在思考芜湖的发展和建设。关工委让他作为"五老"给大学生做报告,他认真准备,报告时全场鸦雀无声,结束时掌声雷动。因为他思考了现代大学生在想什么、做什么,针对学生的思想特点,用最新的语言、生动的案例、富有哲理的思维向大学生们传递正能量,学生们在喜闻乐见中受到人生观、世界观、价值观的教育。

他虚怀若谷,心胸广阔。每年收到他写有属相诗词的贺年卡时,我都要回复一次,但在鼠年和虎年的回复贺卡中,我反其意赋诗,指出鼠与虎的弱点,他不但不反感,反而点赞,给我鼓励。2014年,我的散文集准备出版时,想让他写序,12万字的书稿送到他手中,不到20天序就写好了,这让我震惊。他不但仔细阅读了书稿,还高度概括了书稿的内容,同时把他对我的了解也写进了序文,我简直佩服不已。序写得好,也扩大了书的影响力。其实我那文集文学价值确属一般,有了那篇序,书的身价也提高了。金庭柏同志这种认真、谦虚的精神让我受益终身。

9月29日清晨,一个急促的电话告诉我:"金庭柏书记走了。""啊?不可能!"我怎么也不相信这是真的。因为前几天,我们一道参加老年大学举办的迎十九大文艺演出时,他精神抖擞,满面红光,挺拔儒雅。当天天气转凉,我们都穿上外套,他只穿一件短袖衫。我们坐在一起,我问他冷不冷,他把手伸给我握住,我发现他的手比我的还热,多健康啊!我开了一句玩笑:"你能活一百岁。"今天怎么会走呢?我赶到了二院急诊室,市里有关领导和市委办公室的同志都在,看来这个消息是真的了。据介绍是他早晨上卫生间时摔倒,导致了这个结果。等他外地的子女到达后,我们在观察室看到金庭柏同志,他像熟睡一样,安详地躺在病床上,仍然是那样刚毅、儒雅。

几天来,我在报纸和网络中看到了许多缅怀金庭柏同志的纪念文章、挽联、评价语,让我深深地相信:民众心中有杆秤,只要为人民办实事,人民就会永远记住你。人生中所有的金杯、银杯,都不如人民群众的口碑。金庭柏同志已离我们而去了,但他一生用品质和气节塑造的形象,已在人们心中树起了一座巨大的丰碑,如松柏一样常青。

2017 年 10 月 3 日

来自南陵的乡愁

时光告别了人，记忆留下了痕。人是历史的客，痕是时代的魂——一曲来自南陵的歌，轻轻地打动了我。

我离开南陵近十八年了，但南陵的山水、那时的人和事，却在我的记忆里留下了深深的痕。人老常忆事，往事越来越挥之不去。"回望前痕渐不清，于无人处听松声"。我常常思考过去的故事，这大概就叫乡愁吧。

一、"走出来"和"醒过来"成了名言

1992 年的早春二月，我调到南陵县政府工作。刚刚上任不久，就收到一封信，信里告诉我，南陵县城历史悠久，有一条龙脉，你不能破坏。龙头在葛林的千峰山，龙尾在家发的后山头。两头都是千年古墓，中间是水流穿贯。我百思不解其意。诗人李商隐说过："莫为无人欺一物，他时须虑石能言。"我还得重视他的忠告。

我们一行四位同志到南陵工作,拟任的县委书记在省委党校青干班学习,我就充当了无"老虎"的"猴大王"。我用四十天的时间,到工厂、企业、农村、乡镇和县直部门调研,发现南陵的干部很朴实,农村工作经验极其丰富,农民生活还是小康的。但吃喝盛行,满城的大小酒店天天爆满,民间甚至评出了"十大酒星"。我还收到了一个酒店老板寄来的清单,乡镇干部吃饭付不起钱,一年就把这个酒店吃倒了;打麻将也很盛行,晚上城乡一片麻将牌的撞击声,好多干部中午醉过,下午休息,晚上"战斗"。这时,正是小平同志"南方谈话"发表之时,沿海的开发区如火如荼,各地敢试、敢冒、敢闯的激情都在燃烧,南陵更待何时?我想我一定要破这个"龙脉",把干部的热情燃烧起来。

3月28日,全县经济工作会议(代替过去的三干会)召开了。我和办公室的佘一仁、管先庆等同志根据调研情况起草了报告,在千人大会做完报告以后,我激动起来,呼吁全县干部从酒席桌上醒过来,从麻将桌上走出来,投入经济建设的热潮中去。一石激起千层浪,全县上下议论纷纷。大家记得的就是"醒过来"和"走出来",这一句话成了多少年的名言。

在这个会上,我还讲了一些"奇谈怪论":哪个县城堵车,说明那里经济繁荣;哪个地方经理多(当时流行一句讽刺语——一根棍子挥下来打了四个人,三个是经理),那个地方的创新意识就强……我用这种反证法激励干部、群众去打破南陵当时万马齐喑的局面。和我一道来的李慰曾同志以副书记的身份指挥他们把县委大院的旱厕所改冲水式厕所,实际是想改变大家的思维方式。许多人坐不住了,热血沸腾地想干一番事业。从此,南陵的干部进入了激情燃烧的时代。

二、旧貌换新颜

要改变面貌,必须发展企业,并以工业化带动农业产业化和三产的发展,这是大家的共识。但南陵基础设施相当落后,居民反映晚上要电没电,工厂反映白天用电没电;水是要水时放不出水,不要水时水管到处漏水;通讯是手摇为主,模拟数字电话不到一千门;城里道路是晴天一片灰,雨天一摊泥,阴天不下雨还要穿胶靴。怎么改变这种状况?

县委县政府讨论后认为,要发展经济、办企业,必须先改变基础设施,否则企业发展就是空中楼阁。政府决定拨款50万给供电局做贴息,帮助供电部门在银行贷款改造城关供电线路,新建一座许镇11万伏变电所,从繁昌22万伏变电所引出一条线到南陵中心变电所,实现双回路;拨款50万给邮电局做贴息,按一类县水平,新上4000门程控电话设备,改变通讯状况;再筹集部分资金给城建部门做引导资金,搞基础设施建设;城关自来水按日供水5万吨改造建设。

南陵面貌的变化就是从这时开始的。老城改造全面启动,从西到东和十字街,道路全部硬化为水泥路,路面拓宽为18米,拆迁修建,热火朝天。时任省委书记到南陵调研,站在十字街的沙石堆上,问被拆修的居民:“你们支持不支持啊?”居民回答:“我们支持”,“也改变我们的经营环境了”。书记十分高兴,他说:“南陵是我们全省两个没有改造过的县城之一,你们这一下动作大,前店后坊、下店上宿、商住一体,有利于老百姓,很好。"不久,一位副省长来南陵考察,他说书记在常委会上多次表扬我们旧城改造的做法。

劳动成果得到了肯定,各级干部浑身都有着一股说不出来的劲。回想起来,这还是当地人民做出的贡献啊!

三、分灶吃饭

南陵的日子还是很难过。1992 年的财政收入大部分来自农业税,供养了 7000 多名全额拨款、2000 多名差额拨款的机关工作人员和事业单位人员,已连续七年财政赤字。县财政举步维艰,不但没钱搞建设,工资也难以正常发放。县政府接到最多的报告是要钱的,县领导的口头禅是"没钱"。要改变这种面貌,单靠县里不行,还需要上下共同分担。

县里决定由办公室副主任梁士德同志带领财政、人行、税务等部门出去调研,制订分灶吃饭的方案,并在七届四次全委会上通过。在我的观念影响下,一个"不讲理"的方案出来了:21 个乡镇设立独立财政,人行设 7 个金库调度资金,把财权与事权都下到乡镇,乡镇分四类划出补贴和上缴的标准,一定三年不变。乡镇纷纷表示不能接受,我们让副县长黄梅同志去乡镇一个个签协议,谁不签,县政府就停止调度资金,责任自负。在这次财政改革中,财政、金融、税务部门的同志发挥了应有的聪明才智。

被"逼上梁山"的乡镇干部尝到了当家的滋味,知道了柴米油盐贵。他们集中精力发展经济,办企业、抓税源、搞创收,一年下来,全县财政收入增长了近50%,第一次实现了收支平衡。大家的潜力和潜能都得到了发挥。

1996年,三年责任状到期,乡镇财政预算内收入年平均增长50%左右,日子越来越好过了。县里准备第二轮改革,调整基数和财权、事权,又遭到一致反对,尝到甜头的乡镇长们要求维持现状,维护既得利益。但是,他们最终还是服从了全县的大局,把富余的财力又集中到县里来了,这些基层干部是多么的淳朴和可爱啊。

我常想一个道理:世上没有过不去的坎,只要把人的潜能挖掘出来,什么困难都可以战胜,什么奇迹都可以创造出来。

四、克服贫穷心态

南陵曾经是贫困县,政府的日子穷惯了,所以全县上下形成了一个习惯——叫穷。乡镇向县里叫穷,县里向市、省叫穷,层层叫穷,要上级从同情的角度支持。1994年底,我作为刚接任的县委书记,感到这种文化心态束缚了思想,抑制了创新,制约了发展。要调动干部、群众的创业激情,必须克服贫穷心态。

1995年8月,县委召开了全委扩大会议,专门就克服贫穷心态进行了大讨论。大家一致认为,贫穷心态实际是一种乞丐文化,是乞求施舍的心理。有了这种心态,就失去了自尊,失去了自信,失去了斗志,即使一时叫穷得到一点利益,但失去的是形象和创业精神。所以,县委要求所有干部不允许叫穷,向上级汇报工作、要项目、要资金时,一律不许叫穷,只能汇报自己怎么干,有困难自己怎样去解决,干出成果来,请上级支持和奖励。叫穷的干部不重用,自己想不出办法的人不重用,不换思想就换人。我曾说:"没钱能干成事才叫本事;有钱谁都会干,那就不一定要你干了。"智慧能生财,思路决定出路。也许是大家习惯了我督促大家去干无米之炊的事,一种拼命三郎的精神促使南陵的面貌一步步地变化,干事业的热情在澎湃地涌动。

从此,南陵的干部叫穷的少了,有一种自豪感和雄赳赳、气昂昂的精气神。在此基础上,县委做出两项决定,即实施工业化、城镇化和办好许镇农民城的决定。"志在两化"由此成了南陵精神,也是当时南陵人追求的"中国梦"。

五、机构改革冰火两重天

那个年代机构改革的呼声越来越大,各地改革的信息纷至沓来。据说广东顺德县把县委、县政府的办公地点合在一处,把人大、政协的办公室也合署了。南陵在机构改革上也想大干一场。经过热议以后,方案实施了,对一级机构进行分解、组合、拆并、保留,大幅度地减少了机构,编制也减少了四分之一。为了工作上下对口的需要,许多部门挂了 1 ~ 3 块牌子,只有一套人马办事。

这次改革在社会上引起极大的争议,有高度赞扬的,有严厉批评的,我们面临着冰火两重天,压力很大。许多部门送来了领导批示,有一个部门的省级分管领导批示道:"没想到在我工作过的地方,也减了我的编制,这项工作还是要加强的。"我们觉得有道理，服从；另一位领导批示："工商联是群众团体，怎么能与统战部合署办公呢？"我们觉得批评得对，分开；省质监局局长说："南陵质监局若不从经计委分出来，取消他们的执法权。"我们只能把质监分出独立。类似台办、民宗办、外办也纷纷独立。实践教育我们，有些改革不是一县一市就能完成的，需要顶层设计。

支持我们做法的声音也很大。1993年底，省委组织省人事厅来南陵调研，充分肯定南陵的做法，确定南陵县为全省机构改革和推行公务员制度试点县。我们又花了一年时间，在全县实施公务员过渡试点工作。1995年初，全省召开推行公务员制度部署会议，我在大会上做了发言，全面介绍公务员过渡工作的政策、方法。所以全省对现有机关工作人员过渡为公务员的做法基本上用了南陵县的模板。

六、在皮夹克上写"修路"

刚到南陵不久，县长夏照明同志陪我到乡镇调研。夏照明是一位经验丰富的同志，对外来干部一向很支持。我被他的热情感召，与其同坐一辆吉普车，到丫山沿途乡镇拜访考察。当时南丫路比我想象的要差，路窄得出奇，拐弯处都擦到旁边的民房，路面尘土飞扬，高低颠簸，三十几公里的路，起早去、摸黑回，很是辛苦。回到宿舍以后，我的黑色皮夹克变成了灰白色。我想，我才走一次就感到受不了，乡镇干部和老百姓成年累月生活在这种环境里，该怎么办？我在皮夹克上用手指写了两个字——"修路",灰白的皮夹克上出现了两个重重的黑字。

我找来交通局局长高敬友商量如何修南陵公路。高敬友同志虽年近花甲,但热情高、干劲大、办法多,他提出了集资修路的方案,我得到启发,当即决定要制订方案提交县委、县政府讨论。县委决定用三年时间向全县人民集资修路,做到乡乡通油路,村村通公路。农村每人每年集资5元,城镇每人每年集资8元,建立修路基金,用这个基金拼盘向省里要钱,向银行贷款。我提出了一个口号:"交通局贷款越多,成绩越大。把贷款额大小作年终考核标准。"

这样,南陵大修公路的热潮掀起了。南陵至丫山的37公里柏油路一年就通车了,沿途百姓兴高采烈。接着,改造城关的东门大桥,全县干部每人捐一个月工资,桥头碑上刻下捐款人姓名,南陵大桥一年就建成了。

太丰乡是南陵圩区最大的乡,东塘是最小的乡,这两个乡四面环水,成了孤岛。我第一次到太丰,是从弋江坐船到太丰的马元渡口,再步行七八里到乡政府,住一夜,第二天回来,再走四五里到东塘渡口,坐船过河,汽车去许镇方向接。这样的交通条件如何发展经济? 群众小康如何实现? 我们下定决心,一定要修通东塘、太丰的两座桥。高敬友同志请来了省交通厅厅长、公路局局长,汇报时,我们提出修两座桥,另加一个205道改道线,从东门转盘直通南泾路通道。最终,项目资金落实了,三个项目全建成了。为了加强圩区工作,我们把工作能力强的农技站站长作为最得力的干部派往太丰。他思维敏捷,聪明睿智,与乡长陶庭辉密切配合,用了一年多时间就修成了村村通道路;把奎湖乡乡长奚银华同志调到东塘乡任书记，他思想活跃，年轻能干，善做群众工作。在两个乡的协助下，太丰桥、东塘桥不到一年就建成了。桥通车后，从县城到太丰只需半个多小时，当地老人一辈子没见过汽车，现在也可坐班车了。

1995 年，在太丰、东塘线上召开了乡乡通柏油路的庆典大会。为此，省交通厅奖励南陵 50 万的修路资金。

规模最大的修路大战是修南铜路，过去南陵到铜陵要从繁昌绕行。县里四个班子负责人一起拜访了铜陵县委领导和铜陵市领导，提出修通南陵至铜陵公路的设想，铜陵县委书记陈松林同志（后任市委书记、省委组织部常务副部长）十分赞同，表示两县同时行动。项目确定了，新的问题又出现了，南陵段 18 公里，拿什么来修？县委决定，全县动员，全民修路，成立了以张青秀为总指挥的领导机构，任务分到山区 12 个乡镇。战前动员以后，每天都有成千上万的民工上工，各分一段，到处红旗招展，你追我赶，场面十分壮观。只用了几个月时间，路基雏形就出现了。这个行动感动了省交通厅，厅长表示涵洞、桥梁和路面由省公路局负责完成。一年以后，南铜路通车了。

七、籍山大道的故事

1995 年 8 月县全委会决定，用 15～20 年的时间，南陵基本实现城镇化、工业化。县政府把"两化"分解成具体数字指标，下达给乡镇，年终考核。在城镇化指标中，有进镇人口数、建成区面积等等。全县规划以县城为中心，建六个中心镇（弋江、许镇、家发、工山、河湾、三里），若干个中心村。"两化"规划是当时南陵人印象最深、努力追求的梦想。

城关镇原来虽有十字街，但实际只是东西一条长长的老街。318国道经过县城有几个关口：一是春谷路市场，交通非常拥堵；二是单行道的后巷河桥，已是危桥，过往司机怨声载道。要改变现状，除了打通连接205道与318道的4.3公里连接线路，更重要的是重新规划、建设县城。我们请来了上海同济大学的专家，按照我们中心南移的思路做了详细规划。县城按15~20平方公里，容纳15万~20万人口的小城市规划；籍山大道是新城的中心大道，按路面宽40米、两侧红线100米控制。我们当时的口号是把籍山大道建成南陵的长安街，在实施这个规划时，发生了一系列记忆犹新的故事。

首先遇到的问题就是籍山大道应多宽，有些同志认为我们是县城，修过宽的路浪费土地。有没有必要？我请来老同志到县委会议室讨论，在激烈的讨论中，当他们明白了发展前景时，一致认为要改变南陵的面貌，必须要超前规划建设，小打小敲更是浪费。得到老同志的支持，我们信心更足了。县委决定由县长审批，控制规划。南陵多少任领导一直恪守着这个原则。

有规划没有钱也是空话。如何把规划变成现实？我们提出了一个方案，规定凡是在县城有施工项目的单位，必须为籍山大道的路基建设做贡献。这个主意得到了漳河中段治理工程总指挥秦海全（县委副书记，后任政协主席）的赞同。秦海全同志为人忠厚，顾全大局，善于共事，他推荐县里最好的工程队县三建公司承担这个任务。因为公司老总为人好，干事扎实可靠，籍山大道的路基土方由三建公司先行施工。他们在没有一分钱的情况下，很快将1.5公里的路基雏形拉成。

征地拆迁怎么办？任务交给土地局，没有一分钱但有一条政策：拆迁户可以安排在新旧城连接处的惠民路上自建商住房。土地局的几位年轻局长在不动声色中完成了这项任务，据说这些拆迁户现在大部分都成了富翁。

1995年底，新任南陵县县长到南陵报到。晚饭后我陪他在已停工的路基上走了一趟，他问我后面怎么办，如果停工会引来新的议论。他的话增强了我的紧迫感。不久，省财政厅一位副厅长到南陵考察农村小城镇建设工作，我们让他走了一趟籍山路土路基，由于刚下过雨，吉普车陷入泥坑里，20多位公安干警硬是把车和人从泥坑里抬出来，送到公路上。这位副厅长十分感动，说："南陵人精神可贵。"随即，他批了20万元作启动资金，这又给我们打了一剂强心针。

1996年初，县里组织100多名干部到张家港参观学习，回来后召开5000人干部大会，动员全县干部、群众行动起来，实施南陵的"两化"。会上，我突然脱稿，激动地说："籍山大道怎么办？我看只有两个人能完成这个任务，一是交通局长，二是城建局长。"压力变成了巨大的动力，籍山大道1996年底全面建成了。主路面由交通局通过省里支持建成了，辅道、人行道由城建局通过县里给的政策，就地生财建成了。看到一个现代化的城市道路，看到熙熙攘攘的人在大道上散步时，我对那些艰辛奉献的干部产生了由衷的感激之情。

八、英格瓷落户记

1995年5月，三里镇的镇长戴长友同志来县委汇报了一个信息：据在苏州打工的同志反映，苏州工业园新建一座年产10万吨、生产高档书写纸的造纸厂，需要辅料——重质碳酸钙。该产品需进口，价格昂贵，厂方想寻找合作伙伴在国内生产。生产重质碳酸钙的原料就是方解石，南陵有的是，我们感到这是一个商机，即刻决定去苏州。

在苏州，我们学到了新的知识，重质碳酸钙采用物理生产法，用先进的设备将石头磨成超细粉末，颗粒越细价值越高。其用途十分广泛，用于橡胶、塑料、造纸、化妆品等众多领域。高档纸和高档化妆品需要的重质碳酸钙，我国的设备技术达不到其要求，主要靠进口。在了解这一情况以后，我们与厂方谈合作，拟定合资在南陵办加工场，共同出资，引进设备。

我们兴奋了。回来后，立即召开了常务扩大会议，讨论怎样上这个项目。会议决定，成立以常务副县长为组长的领导小组，办公室由招商局长和三里镇镇长负责。参加会议的同志虽然都表示支持，但我从他们的眼神里可以看出他们是怀疑的，认为这是纸上谈兵。正在这时，我们在与苏州造纸厂联系过程中偶遇了英格瓷中方的老总，他也准备选址办厂为国内市场服务，我们积极邀请他们到南陵。

外商来了，对南陵的热情接待、预选场址、政策都很满意。他们派地质专家到丫山取走了原料，化验反馈说硬度不够，所以白度不够，造纸用的重质碳酸钙白度要达95％以上，就要求石头硬度很高。三里镇的同志说，泾县北贡的原料好。我们要求地质专家第二次来取样。项目办的同志带着外商到北贡乡取样。第二次检验报告出来了，白度达到95％，合格了，项目有希望了。

是独资还是合资？我们与外商先谈的是合资，但我们一分钱也没有，合资就会使项目泡汤。我们拿出了一整套为项目服务的方案，鼓励外商独资。外商被感动了，决定独资办厂，投资2000万美元，第一期投1000万美元。经过与外商无数次的具体磋商，双方终于在南京金陵饭店签下了协议。县委采取特殊办法为项目服务，抽调人事局副局长去公司协助管人力资源，抽调南陵一中的一位外语教师去公司当翻译兼办公室主任，筹备工作全面开展起来了。

在兴奋之余，又有许多辛酸，风波一波又一波。泾县北贡乡书记知道这个项目以后，联系了外商的翻译，让翻译把外商带到泾县去。就在我们与外商谈判时，北贡的书记就等在门外，我当即把这位书记请到我的办公室，与他谈心交流，先表扬他的事业心，再指出，我们招商不能互相挖墙脚，不能内讧，否则外商是看不起我们的。我们可以建议外商把原料的粗加工放在你们那儿，这样大家都可以受益。一席话打动了他，他回去了，这一风波平息了。

英格瓷的设备大部分从美国、英国、丹麦等国家进口。安装时，来了很多外国人，住在南港大酒店。一时，全县上下又传出许多关于外商的谣言，这些谣言流传了一段时间我才知道。为了弄清事实，我请政法委书记进行调查，调查之后，召开了全县干部大会，狠狠地抨击了谣言，就如何创造良好的投资环境采取了措施，并把招商引资的任务分配到每个部门，让每个人去体验其中的滋味。

1996 年 8 月，项目的前期工作全面完成，举行了隆重的开工典礼。由于这是当时全省县一级最大的外资项目，副省长、市委书记带领四大班子主要领导参加开工仪式，南陵人第一次在本地听到老外用纯正的英语在大会上讲话。《安徽日报》用醒目的标题刊登了《英格瓷落户记》。

九、许镇农民城被曝光

许镇原是一个只有十几户人家的自然村镇，芜南路修通以后，这儿成了交通要道，辐射至十几个乡镇(包括芜湖县的几个乡镇)。黄墓镇党委书记余水运同志想在这里建设一个集市，得到了工商局局长王安祥的支持。王安祥拿来一张小彩图，我一看，启发很大，当即决定，重新规划，按建制镇规模建设，命名为"南陵农民城"。许镇规划起点较高，建设速度很快，一年不到就形成了综合性的大市场。"农民城"一度成了南陵的亮点，人们从四面八方前来参观，真有今日大浦之势。省里领导多次来考察调研，给予表扬赞许。中央电视台《金土地》栏目做了长达 8 分钟的专题报道，"南陵农民城"真的火了。

1996 年的一场大雨，来得太急太猛。6 月底，东圩圩破了，东圩圩虽然是南陵最小的万亩圩口，但也是 1989 年太丰圩破后的首次破圩,撤不到堤埂上的居民都搬到许镇附近。农民城里昔日的整洁没有了,车辆乱停,摊位乱放,小贩乱窜,乱象环生。安徽电视台用"南陵农民城怎么啦"的标题曝光了许镇的脏、乱、差。

我们一下子从热血沸腾到全身冰凉,县委认真反思了近期的工作。在安排好救灾工作的同时,全县上下借力整顿脏、乱、差。县委决定让副书记、副县长两位同志全力以赴抓城管和城市文明建设,并成立了专门机构。弋江镇一直是318国道的交通瓶颈,影响南陵的形象,县委派计生委主任去弋江镇任书记,他工作力度大,很快改变了弋江镇的面貌。

有了弋江镇的突围,县城及乡镇的环境面貌很快改观。后来路过南陵的人,都感到南陵的美,水美、街美、楼美、人也美。南陵人就是具有这样从教训中崛起的不服输的神力,努力地攀登着事业的顶点。

十、从南中上访谈用人观

南陵中学(以下简称"南中")在我印象中是一所非常好的学校,因为我的同学中从该校毕业的都很优秀。当我第一次到南中调研时,有所失望,学校设施破旧,生源以县城为主,当年的美名似乎不复存在。我们曾拨给南中10万元,更换了课桌椅。在一个教师节里,我到南中调研,就如何办好南中听取教职工的意见。随后,县委专门为南中制定了几条政策:一是师资由全县选调,不受编制限制;二是面向全县招生,不搞城关特殊化;三是开发周边房地产,用于改造校舍;四是把南陵中学改名为南陵一中,按城市的概念办学校。由此,南中得到了发展的第一次动力。也就是在这次座谈会上,我见到了全省十大教坛新秀之一——一位杰出的青年教师。

不久,市一中的校长、市教科所所长分别找我,要调这位青年教师到他们单位工作。我意识到人才的重要性,谢绝了他们。为了稳住人才,县委决定,破格提拔这位青年教师为南中副校长。这时,有四位南中青年教师上访,问我:"是不是要调动就可以当副校长?"我说:"不是。人家是来挖人才,准备好了三室一厅的住房,安排好家属,为的是什么?是要人才。如果你们也具备这个条件,不仅可以当校长,还可以当局长。"他们信服了,满意地回去了,我相信他们现在也一定成了人才。

通过南中这个例子,我认识了人才的重要性,后来和组织部一道研究了一套选拔人才的办法,提出了"不让有政绩的干部被埋没""不让埋头苦干的干部吃亏""不唯学历、不唯年龄,唯能力"等一套人才观。随即召开了组织工作会议,统一思想。在这个思想指导下,一批德才兼备的干部应运而生,许多人走上了重要领导岗位。

南陵的乡愁是无法用文字写完的。人们喜欢用十分来表达程度,我就写这十篇,作为我对南陵的深厚情感的表达。

2015 年 8 月

心有情系半世缘

每个人都有自己的人生情结,我的人生情结就是对工业心有情系,而且有了半世情缘。

我的人生中大部分时间是与工业打交道。读书的学校是原一机部的部属工科学校,四十年的工作经历大部分在工业部门和分管工业,我对工业有着割舍不断的情感。我人生记忆最深的痕迹就是工业企业浴火重生的场景、企业改制的阵痛、重组崛起的兴奋。作为众多企业涅槃重生的见证者,常常有着一种自信,有着那种"春风放胆来梳柳,夜雨瞒人去润花"的自喻之情。

情起科技科

科技科是我工业知识的启蒙之地,我对工业半个世纪不离不弃的情感源于科技科。

1969 年,我毕业留校,在校办工厂当车工。半年后,参加了车间技术革新小组,与合工大分配来的师兄一道,设计出了振动器外壳多头加工夹具,工效提高了好几倍。从此,我对技术有了初恋般的感觉。不久,我担任了学校团委书记,1972 年又调到芜湖市机械电子工业局工作,并担任专职团委书记。在当时计划经济条件下,机电局下辖 40 多个大中型工业企业。共青团工作应以政治教育活动为主,我却对技术业务有着先天性的灵感。在共青团的工作中,我的主要精力是开展"新长征突击手"和"五小"(青工中的技术革新)活动,常常搞岗位比赛、成果展览。最大的一次青工技改展览是在雨耕山的电校大礼堂举行,几百项成果吸引着人们的眼球,局党委常委和各厂的党委书记都应邀参加展览会,给获奖的"新长征突击手"、技术能手及支持共青团工作的党委书记发奖、发证书。由此,我给人们的印象已定格为"适合做技术工作"。在共青团工作的几年里,我大部分时间被抽调到企业蹲点。水表厂从自来水公司划出,归机械局管理后,我作为帮扶组组长,在厂里蹲点四个月,帮助筹划扩建工作;变压器厂被列为基本路线试点单位,我作为工作组副组长,在厂里蹲点一年半,"抓革命、促生产",试制出了首台干式变压器;电表厂从赭山旁的广济寺搬出,在新厂区产能要达年产 80 万台,为确保出口巴基斯坦 20 万台电表的外贸项目如期完成,我作为工作组组长,在厂里蹲了八个月,顺利地完成了任务。有了这些一线实践,我的工业知识得到了充实。

在这期间,我的职务变动了几次,1981 年初,担任了科技科科长。全国科技大会以后,重视科技的社会氛围甚浓。科技科成了机械局的第一大科室,负责全系统的产品开发、质量管理、设备管理、行业规划、技术档案管理等工作。当时的企业管理工作百废待兴，自上而下都在开展企业整顿工作，科技科成了企业管理的牵头部门。我常带着同事组织全系统的技术人员到企业开展检查、指导整顿。科技科的技术力量十分雄厚，有清华、交大、合工大等名校的大学生，有长期从事企业管理工作的老同志，在16名成员中，除了技术档案员和内勤外，我最年轻，我像海绵吸水一样，在工作实践中学习他们的知识。

在开展全面质量管理活动中，我向1963年毕业于清华大学的陈为松学习了ABCD管理理论，懂得了质量控制点的QC小组的作用，甚至会画质量控制图。在计量鉴定管理的传递系统中，我与他一道帮企业建立了三级管理制度。标准在我们工作中具有优先地位，我常态性地督促、检查企业采用国家标准，制定内控标准。从制定标准到学习制定标准的标准，我由浅入深到全面熟悉，直到我受一机部委托主持召开了芜湖电工专用设备厂的高速冲槽机的部颁标准鉴定会。在此基础上，我自学了江西省委党校首次引进的国外企业管理的行为科学，举办了全系统的厂长、经理学习班，我的授课是从人的需求层次进入，讲以人为中心的企业管理。

在新产品管理中，我虚心地向上海交大毕业的周良训学习，了解了新产品开发的规划、初试、中试、初产、达产的程序。超前谋划是新品开发的灵魂。记得1982年，在参观北京机床研究所试制机床加工中心以后，我们立即规划在重型机床厂开发加工中心，到1985年，曹佳凡同志到机床厂以后，终于试制成功，成为国内较早生产的、具有96把刀具的加工中心。此时，机械系统的新品开发热情高涨。1984年，在杭州印染厂，我们举行芜湖印染设备厂的 D 型印染机的鉴定会,重点测试色差和色牢度是否都达到了国家标准。鉴定后,产品被推向市场,成了浙江乡镇企业首选的设备。电工设备厂的 6 芯成缆机鉴定以后,首批发往广东东莞市,带动了乡镇企业的起步发展。我们当时的口号是"手上干一个,眼睛看一个,心里想一个",这就是提倡转型升级吧。

在设备管理中,我向老同志蔡义全学习了一整套的管理常识。宏观上,设备按精度、价值,分部管、厅管、市管、厂管;微观上,设备要定期保洁、定期去黄袍、定期校正;在设备管理的现场,要刀具、刃具分放,轴要上挂,件要上架。之后,我们到企业去,首先打开工具箱,看刀具、刃具的摆放,用手摸机床的油渍和导轨的润滑度,从侧面判断设备的质量,再判断产品的质量。

在企业技术改造管理中,我学习了老工程师曹文海等同志的经验。技术改造不仅为了扩产能,更重要的是适应新产品的开发和质量的提升。改造项目中,设备要占投资的 70% 以上,不能盲目地搞基本建设。在实施技术改造项目中,我学习了许多财务知识和金融知识,我的知识面走向了立体化。

科里的年轻人张辉霞负责科技档案工作,她和我一样,在实践中学习,创造性地工作,在 20 世纪 80 年代中期就全面推广了"四合一"档案,即技术、人事、财务、文书统一管理。她后来也成了专家型的档案审核员。

四年的科技科工作中,我与企业共同摸爬滚打,学习了许多难忘的知识,使我终身受益。由此,我对工业有了热情,有了不舍不弃的情感。在众人的眼里,我也开始成为干工业的内行干部。

情系乡镇企业

1984 年，改革开放的浪潮已从农村转向城市，从农业转向工业。当时，姓资姓社、计划和市场还在争议之中。中共中央下发了四号文件，做出了大办乡镇企业的决定，回答了社会疑问。江浙沿海闻风而动，前店后坊，三来一补，有水快流，处处点火，村村冒烟，乡镇企业如火如荼地发展。慢了半步的安徽奋起直追，各级成立乡镇企业管理局。1985 年 6 月，我作为熟悉工业的年轻干部被调到了芜湖市乡镇企业局担任副局长，局长夏中和另一名副局长李垒都是离休的老同志，他们都高风亮节地积极支持我，把业务管理工作都压在我的身上，让我这个年轻人有施展和锻炼的机会。

当时的乡镇企业在"三就三为"的基础上起步，即围绕着农业、农村和资源，就地取材、就地加工、就地销售。发展的瓶颈是缺乏资金、缺乏人才、缺乏工业思维。如何利用社会力量推动发展，如何把农村作坊转型为企业，如何把农民培养成企业家，是我在乡镇企业局五年与大家共同思考的问题和工作的全部内容。乡镇企业局不同于其他工业部门，它既是业务管理部门，又是通天入地的参谋部门。它一个重要的任务就是承办市委的乡镇企业工作会议，把发展的计划分解到各县区，利用领导的力量推动县区的竞争。在起步初期，我们总结了繁昌县委书记倪茂发总结的"三借一发财"（借资金、借脑袋、借人才，发县级经济财)的经验,在全市推广,敲开了全市发展的工作思路,很快形成了引资金、引技术、引工程师的热潮。1988 年底,为了从更大格局上改革开放,突破乡镇企业发展的瓶颈,我们起草制定了《关于鼓励各类人才承包领办乡镇企业的规定》(十二条),以市政府一号文件下发。文件从产权、人事、待遇诸方面对领办乡镇企业者提供了极优惠的政策,并召开全市大会动员。同时,在市委党委举办乡镇企业产品展览会,摆摊设点,邀请省内外的有识之士参观洽谈。参会的先后有 5000 多人,有的当场揭牌承办。后来许多知名的企业家是从这里起步的。后来,《人民日报》头版头条报道了芜湖的举措,题目是"公布一项政策,引来八方人才"。这使芜湖乡镇企业的发展热情达到了巅峰。

乡镇企业是一个新生事物,需要社会力量去支持,在当时双轨制的经济制度下,政府的力量很起作用。在市委分管书记李青的重视下,我们采取了两项措施:一是城乡联合发展,当时叫横向联合。我们经常组织产品扩散协作活动,把市里大企业的零部件扩散到乡镇企业生产,并要求结对扶持,对口支援,许多企业就是这样诞生发展的。芜湖县华星电器厂原是陶辛镇的一个小农机厂,接受了市锅炉厂的除渣机、电机厂的冲压件、重型机床厂的零部件生产任务以后,迅速发展,先由乡镇搬到县城,后来又改造升级发展新产品,现成为全县最大的本土企业。它的起步就是从城乡联合开始的。二是财政金融携手扶持项目。我受市政府的委托,带领计委、财政、银行的有关同志到乡镇,特别是空白乡镇调研,确定项目,计划性贷款,财政贴息或补助,运用这种办法办妥一大批项目。当时繁昌县新淮、浮山、峨桥的水泥厂,南陵的河湾、绿岭水泥厂和九莲罐头厂等都是运用这种方式办起来的,改变了"第三世界"的面貌(繁昌把乡镇经济发展水平划分为三个世界)。20世纪80年代末期,芜湖的乡镇企业迅速发展,在全省处于领先的位置。

乡镇企业最大的缺陷就是企业管理基础较差。在我的建议下,机械局的陈为松同志被调到乡镇企业局任技术科科长。他借用了机械局恢复整顿企业基础工作的做法,层层培训,抓点带面,逐步加强了企业管理的基础工作。全市30多座水泥厂全部建立了规范的化验室,产品样品的沉淀周期和理化分析程序都实现了标准化、制度化;所有矿山企业制定了严格的安全生产规范,对包括井下的通风设施和井上的坡采程序实行强制性监控;机械加工企业普遍实现了量具的周期性鉴定;条件好的企业建立了财务成本核算制度。经过几年的努力,骨干企业的管理水平显著提高,为以后的发展和不被淘汰提供了条件。

乡镇企业是农民办起来的企业,把农民变成企业家需要一个艰苦的过程。我们采取的最实用的办法就是培训,组织他们到城市大企业交流,请成功的企业家给他们讲课。另外,我运用在科技科学习、实践到的知识及在深圳、浙农大学习的企业管理和涉外经济知识,亲自给他们讲课。因为我与他们很近,有亲切感,相当于手把手地教授,讲产品质量管理、安全管理、财务管理、决策管理和领导艺术,他们都非常感兴趣。几年里,有几百人参加过培训。前几年,当年的年轻企业家俞乃平和舒雅的老总还在跟我说:"当年听了你的讲课,印象特别深,有的方法我们一直用到现在。"听了这话,我感到心情特别舒畅。

在乡镇企业局工作的五年里,有高歌猛进的顺畅,也有举步维艰的困惑。我付出了真情和心血,我到过所有的乡镇和大部分企业,熟悉他们的产品、设备和领导人。三十多年以后,我与县里的同志交流时,还能如数家珍地报出那些企业的名称、产品和领导的姓名,因为我与他们的情太深太深。

在南陵的情结偏好

1991 年,市委为了改变芜湖经济现状,采取了非常措施,由三个副市长组成经济小组,专心抓工业,我被选调到市政府任副秘书长,协助他们工作。在半年多时间里,我具体负责组织了"品种质量效益推介"活动,推广医药系统十大企业的发展增效经验,推动了工业立市的理念。大概就是这一举动,让领导又一次看到我的工业情结,1992 年初决定让我到南陵县工作。

南陵是一个典型的农业县,环境优美,山清水秀;南陵干部的农业情怀很浓,朴实忠厚,渴望发展;南陵的基础设施比较薄弱,乡镇企业起步较迟。我作为外来干部,大家对我寄托着很大的期盼。南陵到底怎么去突破工业瓶颈,我在《来自南陵的乡愁》一文中写的十个故事就是当时的思路。作为主要负责人,应该十个手指弹钢琴,方方面面都关注到,但我的精力主要集中在工业及其相应的基础设施上。

要发展工业,必须有强烈的工业意识。我提出了南陵实现城镇化和工业化的目标,在"南陵精神"中把"志在两化"作为奋斗目标,现在也可以叫"南陵梦"。围绕着工业立县,实施了一个又一个具体方针。

"摘帽子"、正身份。20世纪80年代末,社会上对私人企业认可度不高,许多私人企业都纷纷地戴着"红帽子"——村办企业。这个"红帽子"一戴,就造成了两个方面问题:一是企业的债务风险和法律责任由村集体组织承担;二是私人投资积极性不高,企业做不大。1992年初,我们让工商局牵头,开展"摘帽子"活动,让私人企业实至名归。这样不但调动了民间投资的积极性,还让社会正确认识和对待私人企业。顺荣汽车零配件公司就是当时"摘帽子"的企业之一,他们"摘帽"以后,千方百计扩大投资,由小塑料件、橡胶件的小产品,升级做汽车零配件,为奇瑞、江淮等著名企业配套。后来又引进德国的汽车水箱专用设备,并成功在主板上市,成功成为同行业的龙头老大。

"发帽子",给地位。20世纪90年代初,官本位思想还是很浓的,农民出身的乡镇企业厂长、经理,打市场、跑项目的影响比不上乡长、局长影响大。为了适应这种形势,我们学习了苏南一些县市的做法,把素质比较好的重点企业领导人分别挂任副乡长、副镇长、副局长,他们有了这些头衔,出门好办事。蒲桥建安公司在建筑企业中是龙头老大,让他们领导挂任建委副主任。这样,企业迅速发展,成为远近闻名的信得过企业。三建公司的老总随着企业变迁,分别挂任东河乡副乡长、建委副主任,他的政治素质很好,还成为省党代会代表;企业经过几度升级发展,成了今天的鲁班集团、国家特级建筑企业,还是新农村标杆——大浦农业产业园的投资人。金牛变压器公司原是一个肠衣厂,吸纳了许多残疾人就业,其负责人挂任民政局副局长,不仅推动了残疾人事业,企业还不断升级转型,现发展成全省最大的电力变压器企业之一。大多数乡镇都有这样的挂职,挂职的企业大多数都为南陵县的工业打下了坚实的基础。后来,根据有关规定,取消了挂职,但其历史作用却实现了。

增机构,强班子。乡镇的党政班子是相当辛苦的,一年大多数时间是在兴修水利、防旱抗洪、计划生育、公粮征收、收缴农业税等中心工作中度过的,他们根本就没有精力去抓经济工作。为了改变这种状况,我们学习了江浙和广东的经验,在乡镇一级增设农工商总公司,作为政、经合一组织,与党政同级别配班子。农工商总公司集中精力抓经济、跑项目、招商引资。在当时的历史背景下,农工商总公司起了很大的作用。英格瓷碳酸钙项目就是三里镇农工商总公司的总经理到苏州招商时,发现的一个商机。他回来向镇党委和县委汇报,引起了我们的高度重视,经过半年多努力,项目终于成功了。这个项目投资2000万美金,是全省县一级最大的外资项目,而且是替代进口的材料工业项目,社会影响很大。随着乡镇一级政权机构的规范化,农工商总公司撤销了,但它不但在发展农村经济上起了不可替代的作用,还为乡镇党政班子储备了懂经济、会管理的人才,他们当中的许多人后来都成了党委、政府的主要负责人。

我南陵的工业情结中,也有许多遗憾。许多事没办完,致使我离开时,南陵的经济还处在强县之后。

甘当马路市长

1998年初，我任市政府副市长，分管工业经济。在市场经济的冲击下，芜湖的工业企业走进了历史的低谷，许多企业歇业倒闭，职工下岗。当时社会保障尚未健全，矛盾十分突出。刚刚上任的我整天忙着接待上访，劝解堵门、堵路、堵码头轮渡的人群，常常是中、晚餐不能正常进食。有时我还被内心同情下岗工人的人责备，那酸甜苦辣的滋味常常让我回味。

有一次，我刚从办公室乘电梯下楼，一出门就被鞋厂的一群女工围上来，有人认出我，说"他就是分管市长"，"你把我们厂长找回来，给我们发工资"。由于人多，一拉一推，许多拳头打在我的腰上、肩上。我同情她们，所以沉住气，找出了五位代表，与她们交流，最后由镜湖区政府领回去商量解决办法。

在一个节日前夕的一天下午，几百名企业退休人员由于没有生活费，把芜屯路口的铁路堵住了。公安部门劝导以后，我带着市直有关部门在镜湖区大礼堂集体接待、对话，讲清楚当时的国家政策，表明市政府尽力而为的态度。大多数人给予理解，避免了一场交通事故的发生。

一个五一节前夕，出租车司机不满新增300辆新车上路，2000多名司机停运罢工，社会影响很大。我在市出租车管理办公室与几十名司机代表面对面对话，说清楚城市容量增大需要增加车辆，就业需增加车辆，同时告诉大家，政府给出租车出台了减少营运费、油改气补助等一系列政策。信息交流对称以后，大家也都理解。《芜湖日报》登出长篇报道《市长与出租车司机面对面》，扩大了正面宣传，很快平息了事态。

类似这样面对面处理问题的事情很多很多。到省里开工业工作会议时，各地市的同行纷纷诉说自己的经历和遭遇，都自嘲是"马路市长"。后来，许多人转行管党务、管农业、管社会事业。工业市长缺口只能面向全省范围内招考，2001年省里一次就选招了6名工业副市长，也只有工业副市长需要公开招聘。我也有转行的机会，市委政法委书记缺位，书记、市长征求我的意见，是否可以转岗。我考虑后说："不转。"他们说："政法委书记可以进常委，否则新提拔的人名字又排到你前面去了。"我说："不要紧，我不计较排名。"我选择了坚守，因为我太舍不得那熟悉的厂房、产品和许多未解决的问题；太舍不得那无助的下岗职工和正在寻找的出路；太舍不得那些正在寻找和实施的项目，它能改变芜湖工业的面貌。这些，是我不舍不弃的情怀。就这样，我在政府分管工业达八年之久。其中人大换届时，我在政府班子中年龄最大，由于改制未完成，重大项目尚未成功，我失去了转岗的机会。但我并不后悔，因为这是我的情感所系。

改革是必由之路

当企业困难已形成趋势时，中央采取了一系列政策措施，促进企业改制转型，走市场经济之路。1996年，国家实施了优化资本结构政策，我市被选为比较试点城市，有48户国有企业实施了政策性破产，由国家承担合理的金融债务。1998年，国家又实施了国企"三年脱困"的战略,让企业进行产权制度改革和经营机制转型。作为配套政策,在企业建立"托管中心",富余人员和下岗职工进中心,发生活费,再就业时出中心。由于地方财政没钱,下岗职工发生活费的政策难以兑现,职工的生活和就业没有根本解决。按照中央部署要求,结合芜湖的实际,我们走出了具有芜湖特色的改革转型之路。

在改革的初期阶段,首先要确保职工生活安全,我们实施了生活和生产的水电分离。当时企业的生活区和生产区都连在一起,水、电也捆在一起,企业困难交不起水电费时,供电、供水部门就拉闸限电、限水,矛盾纠纷不断。为了彻底地解决问题,1998 年初,我们果断采取了措施,实施"水电分离工程",把职工的生活水电与企业的生产水电分开,实现一户一表。资金筹集采取三个三分之一的办法:政府补一点,电力、供水企业拿一点,居民自筹一点。在实施这项民生工程过程中,遇到了各种各样的观念碰撞,但我们坚定不移。经过一年多努力,这个"分离工程"完成,为职工提供了基本生活保障,为企业实施改制提供了稳定的环境。

在实施企业改制时,市委制定了几项基本原则:一是人随资产走。企业不管用什么形式改制,承接资产的单位或个人必须接收职工或承担职工的安置费。负资产的企业在承担上述任务后,实施零资产改制,即在承担金融债务后,缺额的负资产用政府的财政返还作为弥补,用发展的增量去解决遗留的问题。二是只图所在,不图所有。不管什么性质的企业都可以参与企业的改制、重组,但有一条原则,必须在芜湖发展,享受统一的政策。这大概就叫"芜湖优先"的理念。三是一厂一策,分类改制。企业的状态千差万别,不能按一个模式一刀切,要实行一个企业一个方案。国有企业和集体企业的性质不一样,改制的方法也不一样。国有企业资产是政府所有,政府有处置权;集体企业资产是职工全员所有,全员可持股参股,但不管什么方式都要经过职工代表大会通过。为了有效实施改革,市委、市政府把中小企业分三批下划给区、县管理,实行上下联动,共同推进。

为了有效地实现上述原则,市政府成立了"企业改革审核小组",由社保、劳动、财政、经贸、审计部门抽人参加(简称"五人小组"),授权审查企业的资产、职工安置方案和企业改革方案。牵头人为社保局负责人丁江涛同志,由社保牵头,充分体现职工安置优先的原则。在相当长的时间里,"五人审核小组"在企业有着相当的权威。

在实施企业改制的同时,剥离企业办社会的职能。企业所办的小学、中学、技校、医院等社会职能,按中央的政策,收回由政府承办,教师、医生由政府按事业单位同类人员管理。当时我们最棘手的问题是集体企业身份的教师怎么办。我们根据芜湖市实际,认为按同工同酬的原则应该同等待遇,于是把几十名集体身份的教师一并收编,后来省里的文件也认可了这种做法。这样,全市共收回了企业的中小学教师200多名。铁路部门的医院成建制地交给芜湖市,就是现在的第五人民医院。社会职能剥离以后,企业的资产和人员精干了,为改制提供了空间。

企业改制中一个重要的措施就是身份置换。按照劳动合同的规定,原有的国有身份和集体身份全部转换成合同制身份,根据《劳动法》规定给予补偿,补偿标准是上年全市职工年平均工资。芜湖市20世纪90年代初工资水平低,所以平均月工资定为500元,最高工龄定为24年,一年工龄补一个月工资。集体企业职工的补偿金可以入股,国有职工的补偿金离开企业的可以拿走,不离开的可以留下参与运转。到了2005年,大部分企业完成改制,市区有十多万职工转换了身份。芜湖的工人阶级为改制做出了巨大的贡献,换得了芜湖发展的新空间。

芜湖的企业改制工作速度之快,方法之妥,运行之平稳,后发优势之显著,得到上级领导的充分肯定。一时间,内参报道,各地参观学习者络绎不绝。但是在实施过程中,各种矛盾、观念的撞击、无米之炊的困惑、实际工作的艰难都难以言表。这一切,都是由一线部门的领导、同志们承受着,他们为了实施企业改制方案,深入职工中做工作,往往因不被理解而困扰,日不能食,夜不能寐,出现了许多无奈。他们是改革稳步进行的贡献者,他们那无名无利无私的精神鼓舞着我,让我选择了对工业的坚定。现在,他们大多数都已退休了,我常常在怀旧时深深地惦念他们。

把好苹果和烂苹果分开放

苹果理论在当时的企业改制重组中,是非常时兴的企业管理理论。就是说,一个企业垮了,但还有不烂的资产、产品和市场。我们把好的资产从烂资产中剥离出来,与其他优质资源结合起来,做大做强,让烂资产不影响新生的产业。

芜湖电子管厂是一个政策性破产企业,但它在红火的时候上了一套空调装配线,是优质资产,在国内具有先进水平。把它剥离出来,与美的集团重组,成立美的集团控股的制冷公司。这是美的走出顺德、走向全国的第一个生产基地。这个好苹果再加上政府政策扶持,引来了美的集团的全面投资。芜湖已成为美的集团最大的制冷设备、小家电、电机等主导产品的生产基地,年销售额200多亿元。

芜湖冶炼厂是一个知名的铜加工企业,到了20世纪90年代末,出现了巨额亏损,但这个企业从意大利引进的连铸连轧铜板带生产线是国内一流的设备。在股票上市还是名额指标管理的时候,省机械厅把池州冶炼厂与芜湖冶炼厂捆绑在一起,争取了一个指标(全省1998年只有6个上市名额),池州冶炼厂发现芜湖冶炼厂的资产质量太差,捆绑婚姻失败。我们仍然运用苹果理论,把优质资产剥离出来,与乡镇企业金属压延厂和合肥工业大学合作重组起来,成立股份公司,运用了科技股的概念,2000年终于成功上市。这是芜湖本土第一个上市公司。可是这时,在伦敦期货市场上签订的"照付不议"条约发生了问题,铜价下跌,而原材料还是按原价格支付,企业亏损,产生巨额负资产,母公司(集团)又占用了大量的上市资金。这时,我们还是运用苹果理论化解危机,把市属关联的好企业装进来,引来战略投资者——深圳飞尚集团,填平了窟窿,扩大投资,用做大消化矛盾。后来这个厂里的人才又裂变了楚江集团等许多铜加工企业。目前,铜材加工年产值已有300多亿元。上市公司铜板块中,芜湖占据了半壁江山。

在苹果理论的指导下,芜湖的许多工业企业走出了红海,迈出了困境,像核裂变一样蓬勃发展,形成了汽车、材料、电器三大支柱产业。在纪念改革开放三十周年时,芜湖被一机构评为 18 个改革创新示范城市之一;在纪念改革开放四十周年时,芜湖被评为改革发展最好的 40 个城市之一。在这个过程中,把好苹果和烂苹果分开放的办法是一种促进企业转型升级的好办法。

"招好女婿"跟"养儿子"一样重要

"招女婿"与"养儿子"是企业招商重组的一种思维。"儿子"是指本土企业,"女婿"是指外来的企业。"儿子"是自己的,不可挑选,而"女婿"是市场的,可以择优挑选。我们把一些资产较好的企业整治以后,选择最好的投资者,与其重组。当时,这被形容为把最漂亮的姑娘嫁出去,选择最好的"女婿",形成新的机制。所以,"招女婿"比"养儿子"更重要。

在 2000 年前后,我们带着市里党政一把手给各上市公司董事长、总经理的签名信,到同行最好的企业推介芜湖的企业,介绍芜湖重视"女婿"的政策环境。

芜湖钢铁厂是小型钢铁企业,但是它承担着市区几十万户居民生活用气的任务(当时用的是焦化煤气)。它有着含退休人员近 5000 人的人员负担,长期亏损,企业经常发生流动资金短缺,政府每季度都要协调银行贷款,因为居民生活不能停气。为了摆脱这种困境,通过各方联络,我们终于找到了生产基地在邯郸的新兴铸管集团,这是一个由部队划到地方的中央直属企业、上市公司。我带领市直有关部门赶赴邯郸,考察企业,特别是考察环保达标排放情况,邀请他们到芜湖考察。范董事长是一个具有军人作风的企业家,十分干练、果断,两次率队到芜湖考察,与市政府签订了合作协议,先进行托管。在新兴铸管进入芜湖的第三天,芜湖钢铁厂300立方的炉底通了,他们立即投入3000多万元维修,恢复生产,接着一年内投了7亿多元,对全厂进行全面改造,建成了年产50万吨的球磨铸铁管生产线,单体规模亚洲第一。在天然气线建成后,又停掉了焦化生产线,保证了达标排放。近几年,又退市进郊,建成了亚洲最大的一流的铸管生产企业。去年销售收入翻了七番,最重要的是员工全员聘用,工资收入第一个三年就翻了一番。

在招商重组中,许多著名企业家的大家风范和远见卓识深深地打动着我,熏陶着我,使我长见识、增信心。青岛啤酒厂的总经理彭作义同志果敢干练的作风使我肃然起敬。我带着市直有关部门负责人到青岛与其洽谈重组芜湖啤酒厂时,只谈了40分钟,他当即决定同意重组,并扩大投资,在芜湖生产青岛啤酒,具体细节由工作人员操作。一个月以后,青岛啤酒芜湖有限公司就成立了。可惜不久彭总在一次游泳时去世,当我听到这个不幸的消息时,还派了轻工业局局长郑贤松同志代表市政府去吊唁。芜湖三江化工厂是已停工8个月的老企业,但它新上的世界银行贷款项目——离子膜生产线是先进工艺,也缺资金,差一把火。那时正值"非典"时期,我带上有关部门负责人和企业领导赶赴福州,拜会融汇集团董事长黄祖仕同志。当我们通过南京机场时,工作人员全部穿上了防护服,飞机上只有我们一行人。当黄总见到我们时，十分感动，他说："有了你们这种精神，这个事一定能干成。"他当即决定择日到芜湖考察。黄总是福建著名的地产商，产业遍及重庆等地，但芜湖他没有来过。当他带队到芜湖考察时，我们市委、市政府予以高规格接待，事业终于成功了。融汇集团首先投资 2700 万元，安排富余职工，再按环保要求改造该厂，完成新项目技术改造。几个月后，企业正式恢复生产。目前，融汇化工已成为同行业的大型企业，黄总跨行业投资成功，也成了业内转型的典范。

在"招女婿"与"养儿子"的招商重组中，多数是成功的，也有不成功的地方。芜湖纺织厂与厦门东汇集团重组后，前几年生产形势很好，由于该企业实行了信贷互联互保的做法，后来被集团其他企业拖垮。东方制板厂与深圳一家企业重组后，企业产值一度达到历史最高值，但后来各种观念、矛盾冲撞，投资方撤退了，企业一直停产歇业。经济工作就像打仗一样，有胜战也有失利，没有常胜将军。但芜湖工业经济的大战役、总格局都是成功的，特别是在我到市政府工作之前，主要领导操作的一场大战役让人敬佩。市里把当时一个大水泥厂（白马山水泥厂）以1.9亿元的价格卖给了海螺集团，并配了一系列政策措施。海螺集团总部由宁国迁至芜湖市，多产业发展。市里再把这1.9亿元资金与省里5家企业投资合作，成立股份公司，创造了奇瑞汽车，一个民族品牌由此诞生、起步。

艰难前行的全民社保

社会保障是最大的民生。在企业改制中，许多矛盾都是因为社保没有健全，职工无生活保障而起了怨气。2004 年，我考察回来以后，就有了全民社保的理念。我是分管劳动社保的，但地方政府的权限有限。当时的医保还处在试点阶段，经过批准才能进入试点。养老保险虽已建立，但已下岗、已退休的职工未缴过费，享受不了养老待遇。失业保险的缴费单位不多，意识也不强。为了改变这种状况，我们采取了强硬措施。劳动部门成立执法队，地毯式检查，做到签约参保全覆盖，凡用工单位都要为职工缴纳社会保障金。在职职工的问题解决了，退休人员怎么办？

市区有 3.6 万退休职工没有享受养老保险，因为当年的企业困难，未参保缴费，这部分人生活极其困难。有一天，我收到火柴厂一退休人员家属的信，说该老人重病，因无钱医治，跳塘自杀了，我非常难受。我下定决心要解决这个问题。我一周一次到劳动与社保局现场办公，劳动局局长和财政局分管社保的同志思想很开明，很快拿出方案。当时的政府没有钱，如何解决经费问题呢？我们提出了由区政府统一处置企业资产，分五年上交养老基金，这个方案得到市领导同志的支持，决策层很快通过了。我带着劳动局等部门一个区一个区签协议，先把人列入保障序列。当时的企业资产大部分抵押在银行，无法处理，怎么办？新芜区的做法是政府搭建融资平台，从银行贷款，购买金融资产管理公司的债务,释放企业资产,再处理企业资产,安置职工,这样一解套,全活了。我们推广了他们的做法。同时,市政府利用建投公司的平台,与建行捆绑运作,政府出资购买企业在银行的债务(按一定比例),为 26 户企业释放了资产,为安置职工和企业改制创造了条件。这种模式被建行视为一种创新模式。通过这一系列措施,3.6 万退休人员终于进入社保圈内。

进入社保,不仅是钱的问题,名单如何进去,难度很大。我与劳动和财政部门的同志经过努力,终于把这部分退休人员纳入了社保范畴,得到了省里的认可和支持。后来又发展了这个做法,把几万名失地农民的社保也解决了,这样市区有 7 万没有社保的人员进入了社保。所以,芜湖全民参保率是比较高的,但这个过程是非常艰难的。

当组长能干大事

我在市政府工作 8 年,被任命过若干个组长,其中几个组长都做成了事业。

2000 年,西气东输是国家战略性能源项目,我担任市天然气项目领导小组组长。我和市计委、建委等部门的同志研究了几套攻关方略,首先要让干线过江路线尽量离芜湖近一点,结果很好,就在芜湖与马鞍山之间过江。其次,启动支线项目,确定了以马鞍山为起点直至铜陵的沿江支线与主线同步的建议,芜湖成了最大的门站。最使人纠结的是"照付不议"的协议,即定额购气量,如果用不完,政府按协议定额支付。当时,全市居民年用气量在 3000 万方左右,企业用气还未形成习惯。但是,为了给城市扩容,为企业发展留下预期,我们在得到主要领导许可以后,决定签订 1 亿立方的"照付不议"协议。这个当时被视为望尘莫及的指标,后来给芜湖留下了巨大利益,因为在协议指标之后,再扩容就要花大价钱买指标了。芜湖也是率先使用天然气的城市。

1998 年底,我接任了"响水涧抽水蓄能电站"项目领导组组长。这个项目前任领导跑了好多年,由于省里要先上滁州,后上芜湖,我又接着跑了 8 年。在争取这个项目中,我充分利用了各种社会资源。在这个项目筹建过程中,最使我感动的是响水涧的村民们,每次领导、专家来考察,村民都给予极大的热情。考察人员上山时,他们热情送行;下山时,村民捧上香喷喷的茶叶蛋,给客人无限的温暖。无数次考察都是一样的温暖。在天时、地利、人和的条件下,响水涧抽水蓄能电站终于获批,于 2006 年底破土动工。这是一个 4 台机组 100 万千瓦级的大型调峰电站,在安徽省规模最大、技术最先进,圆了繁昌和芜湖市几代人的梦。

2003 年,经济开始复苏,电力短缺成为发展瓶颈。华电集团总经理贺恭,在池州电厂作前期考察后来到了芜湖,我陪同他考察了繁昌县高安乡,他走在长江大堤上,忽然眼睛一亮,认为这个地方条件好,路、水运条件具备,同意在此做项目前期规划。我向主要领导汇报后,书记、市长当即决定成立项目领导小组,让我担任组长。贺恭同志看到了芜湖的决心,当晚在铁山宾馆书写了厂名。为了上这个项目,我们调动方方面面的资源予以支持,如市工商银行免费提供办公场所、交通工具。华电项目筹备组组长彭国泉同志是一个事业心极强的人,这个武汉的汉子不知疲倦地上下奔波,他的精神感动了我,需要我做的事随叫随到。记得2005年春节前夕,他拽上我和计委主任赵萌同志一早赶到北京,到国家能源局代表芜湖政府表态,先上华电项目,又连夜赶回来,来回只用了23个小时。随即,芜湖华电项目正式批准,很快破土动工。芜湖华电项目从动议到投产只用了5年时间,创造了电力史上的奇迹。

我还担任过芜湖电厂五期项目领导组组长和核电领导组组长,电厂五期通过"压小上大"的原则实现了项目目标。

不离不弃的 10 年

2006年,按照年龄"一刀切"的原则,我转岗到市人大。两年后换届,我又超过了提名年龄,"站岗"了一年多。2009年12月,我退休了。

岗位退休了,但我对工业不离不弃的情感没有退。经省委组织部批准,我担任了芜湖市企业联合会(以下简称"企联")的会长。企联是一个社团组织,活动如何定位是我认真思考的问题。

企联自成立之始就是企业的代表组织。中国企联源于国际劳工组织,中国是成员国,参会代表原来出自国家经贸委,国际组织认为政府不能代表企业,所以就成立中国企业联合会。国际劳工组织有一个《三方协商公约》,中国是缔约国。《公约》是协调劳资关系的协商机制,即工会代表职工,企联代表雇主(企业家)与政府代表(我国确定为劳动部门),就维护劳资双方的利益进行协商,这是企联的立会之本。我们首先推动了这个协商机制,成立了联系会办制度,由劳动局、总工会、企联、工商联四家轮值办会,就集体劳动合同、用工签约参保、政府重大涉企政策出台等问题进行协商。会议原则上一季度召开一次,后改半年一次。从已召开的56次会议看,充分体现了三方的平等关系,维护了三方利益。

我在政府工作时,就有办一个芜湖工业展览的愿望,在企联我实现了这个愿望。2009年是中华人民共和国成立60周年,企联组织全市企业参与,在芜湖科技馆举办了"工业60年史展"。展览从芜湖工业起步的两个半烟囱(即电厂、面粉厂、纺织厂)到制造业和工业领域,全方位地展示了芜湖前进的足迹。"工业史"的文字版十几万字,图片展里有十分珍贵的历史资料,实物展里小到标准件,大到机床、汽车、轮船模型,全方位地反映了芜湖的发展成果。开展式上,市里主要负责人出席讲话,并先后组织5万多名中小学生、企业职工参观,许多老工人、老厂长自发前往参观,一度掀起了工业发展的自豪感。

企联是党和政府与企业的桥梁。如何当好桥梁,我确定了一个原则,把"企业欢迎不欢迎,党和政府赞成不赞成,社会认可不认可"作为衡量企联活动的标准,但又要切切实实当好桥梁,做必须要由社会组织做的工作。企联每年对企业上年度经营成果进行排序,出炉"工业百强,商贸50强,建筑业10强,最具成长性企业10强"榜单。在此基础上,召开全市企业家大会,发布榜单,由市委书记给企业家做报告,把市委的战略部署直接传递给企业;每年召开一次年会,让市长做经济形势报告,让企业家了解全局,扩大视野;每年召开一次政策信息发布会,让市直部门发布产业和财政的最新信息。这几座桥梁一搭建,企联便成了政府与企业交流、握手的平台。

维权是企联的根本使命。维护企业的权益,除了三方协商机制外,就是反映企业的诉求。为了打通诉求的渠道,我们除了建立法律服务中心以外,还开展两项活动:一是开办企业家沙龙。定期邀请市领导参与企业家沙龙活动,领导和企业家面对面交流,直接沟通、交朋友,建立"清"与"亲"的关系。时任市长潘朝晖同志多次率政府部门和县、区领导参加企业家茶叙活动,沟通思想,交流感情,听取诉求。二是开展企业调研。企联聘任了 20 多位原市级分管经济工作的老同志,组成专家咨询委,他们有着丰富的实践经验,对企业和经济工作充满着情感。每年组织他们到企业调研,一次两个组,一组一个专题,调研形成意见后,报告市委、市政府,供决策参考。例如:无为县电缆行业为我市第四大支柱产业,但技术基础比较弱。我们连续跟踪调研了三年,第一次调研建议市政府建立第三方检测中心,这个诉求在国家专项的支持下,很快完成;第二次调研建议解决人才问题,在职业技术学院开办了电缆学院;第三次调研建议切实解决企业互联互保、融资难的问题。像这样的调研涉及企业的文化建设、品牌建设、人力资源开发、工业园区的环境保护等等,涉及企业发展方方面面的问题,全方位反映企业诉求。

企联是企业家之家,社团组织的生命力在于活动。企联把握好了社会脉搏和企业的需要,开展了"大少小多"的有节奏的企业家活动日。在 2008 年金融危机以后的几年里,为了增强企业家的信心,我们组织企业家到兄弟市企业交流,共同抱团,坚守实业。我们到过上海、广州、安庆、池州、铜陵、黄山、淮南、巢湖各地,到过上海大众集团、奇瑞集团、宁波杉杉集团等大型企业;到过北大、复旦、交大等许多高校。在这些交流中,企业家的素质在潜移默化中升华。除此以外,企联还围绕中心任务开展有影响的大型活动。2011 年是中国共产党建党 90 周年,企联组织了企业家歌咏比赛,全市 30 多个企业、2000 多人在 5720 厂体育馆举行比赛。参赛企业唱一首厂歌,唱一首歌颂党和祖国的歌,影响极大。市里的领导全体到场参与活动。企联每年还举办一次"企业家运动会",开展体育比赛活动。这些活动多角度地增强了凝聚力、向心力。

引导企业家尽社会责任是企联责无旁贷的义务。企业占有了自然资源和社会资源,就应尽社会责任。央企和省企、上市公司向社会发布社会责任报告已形成惯例。芜湖企联认为,所有企业都应向社会发布责任报告。2015 年,芜湖企联试行组织企业发布社会责任报告,在全国地级市里极少数有发布企业社会责任报告的。为了规范性地做好这项工作,企联牵头发起制定了团体标准——《芜湖市企业社会责任报告标准》,标准规定了企业必须履行经营责任、环境责任、安全责任、保障责任,并参与公益事业和国家重大战略,简称为"四个责任和两个参与",全方位地弘扬企业家精神。这个标准在国家级标准平台公示、核准后,成为安徽唯一的一个团体标准、全国 500 个团体标准之一。

　　企业家尽社会责任的另一个渠道就是参与社会公益、慈善事业。企联成立之初,就发动企业家创建了"芜湖市牵手扶困助学基金会",这是芜湖市最早经省民政部门批准的私募基金会。扶助的对象是品学兼优的学子,让他们不因家庭困难而失去成才的机会。扶助的方法是:确定入围后,向他们提供从小学到大学直至研究生毕业的全程扶助。全市有几百人受到这种资助,许多受助学生参加工作以后,又年年向基金会募捐,表达回报之情。基金会运行到2014年,根据扶困责任的变化,更名为"励志奖学基金会"。许多优秀的企业家常态化地向基金会捐款,一些著名企业家被授予"慈善之星""牵手之星"称号。

　　企联是一个社团组织,但必须在党的领导下工作。2016年1月,芜湖市企联召开了第三次会员大会,我已任满两届,按规定辞去了会长职务,选举奇瑞董事长尹同跃同志为会长,使企业联合会名至实归。这时,正值社团组织与行政机构脱钩和规范党政干部兼职的时期,许多城市的企联由退休党政干部组成办事机构,处于迷茫时期。芜湖率先进行改革,会长全部由企业家担任,秘书处由面向社会招聘的专职人员组成,实行职业化,独立运行。退休的老同志只做咨询员,不参与具体工作。从不理解到理解,直至全省各地都效仿,这一改革的做法又一次得到了广泛的认可。我作为前会长,以一名志愿者的身份,在企联秘书处做工作,为办《企业家》杂志尽智尽力,为开展活动献策,为文件文字把关。蚕到成茧丝方尽,我要为企业鞠躬尽瘁。至此,我的人生夕阳在企联又度过了不离不弃的十年。

千古情缘何日了，此生何处再相逢。我与工业的情缘犹如雪中艳梅，风前摇竹，相互依偎映照。在 50 年的情系之路中，有赞赏、肯定，也有误判、猜测，犹如"柳丝惹尽行人怨"，但我无怨无悔。我已年逾七旬，暮鼓晚钟敲响，在记忆还没有消失之前，用简约的文字抒发我情系工业的情怀，聊表心愿。

2018 年 7 月 2 日于芜湖

老街往事

　　小拐角头是一个只有十八个门牌号、两百米长的老街，但它却是宜城"九头十八坡"的首"头"。它的一端顶着火正街，直至东门城门口，另一端顶着天后宫街，直达商业中心三牌楼、四牌楼，火神庙、天后宫在它的前街后道。小拐角头的西边是儒学圣地奎星阁、小宝塔，东边是清朝、民国的造币厂、军械所。由此，小拐角头名扬了几百年。

　　小拐角头已消失30多年了，但它那槽门木柜、粉墙黛瓦、条石凹道的街景常常让我回忆，那大伯大妈、大哥大姐、发小同窗经常栩栩如生地浮现在我的脑海里。我对小拐角头之所以有着深厚的眷恋，是因为它记载着我少年的故事。"花有重开日，人无再少年"，少年时的事往往容易记起，让人难以忘怀。

　　我家住在小拐角头16号，在街的中央。西头的1号是高家，开了一个打豆腐的店。高家有3个儿子，虽然家里穷，孩子们穿的鞋子大脚趾头都露在外面，但个个长得有模有样，虎头虎脑，皮肤白里透红。老大高仲华与我年纪相仿，自然成了好朋友。高家隔壁是公共厕所,那时的公厕都是旱厕,中间是一个缸槽,蹲位的粪便需要用水冲到粪缸里,这一切都由高家代管。在我小学六年级时,参加全市数学比赛,获得了第三名。由于兴奋,我走路都是带跑的。一天傍晚,我和高大哥一道从街上玩着回来,一路直冲厕所,由于污水池没加盖,我一下掉进去了。高大哥立即把我拉上来,将我带到我家对面的下水道口,喊来我的姨妈,用水给我冲洗。姨妈一边冲一边埋怨我冒失,我也十分懊悔,感到羞愧,不能见人。对门的李奶奶安慰说:"不要紧,小孩子给肥浇了,将来有出息。"高大哥也反复安慰我。冲好后,他又带我到小泡浪浴室泡了一个澡,我感到晦气似乎已洗去了。我非常感谢他,后来我们也常来常往,他到合肥工作,我还去看过他。从那次事以后,我的性格发生了巨大的变化。过去是"少年不知愁",外向张扬,冲动冒失。后来,我变得小心谨慎,独立思考,低调慎行,渐渐地成了内向的性格,这叫吃一堑,长一智吧。人可能就是在挫折中积淀,在曲折中成熟。

20 世纪 60 年代的小拐角头自来水还没有到户,只有一个供应站。老王是一个身体强壮的汉子,他专门为花钱买水的人家挑担送水,每天早上他一出现,全街都热闹了。他嗓门大,满嘴浑话,谁家要送水,他先说:"昨晚水还没挑完,今天又要水了?"惹得站在门口的妇女们一声大笑,回他一句:"你这个死砍头的!"虽在骂他,但妇女们又喜欢他逗乐。这就是小拐角头每天早晨的欢乐时刻。负责管理自来水站的是 3 号的操妈妈。操妈妈白皙的皮肤、高高的身材,据说是大家闺秀。她快人快语,嗓音清脆好听,谁去买水她都笑嘻嘻地与他聊几句,问长问短。

她是小拐角头的灵气，如遇她一天不在，整条街就冷清清的。操妈妈非常喜欢我，每年我放假回家时，她都喊我到她家吃饭。过年时，总是鸡腿、炒米、肉圆让我吃个饱，我对操妈妈十分敬仰。后来我忙于工作，小拐角头又拆迁了，一直未再见到操妈妈，但时时在想念她，甚至偶尔怆然而涕下。后来听说她的三个女婿都非常好，特别孝顺，大女婿承担了为她养老送终的任务。特别让我感动的是，听说操妈妈后来患了脑梗，是在大女婿的怀抱里去世的，这也是对操妈妈这个好人的回报吧。

对门9号的江伯伯在我心目中是男人的偶像。他是机床厂的八级工，在厂里有至高无上的权威，在家里是说一不二的家长。他身体肥胖，秃顶，行走如风。他的嗓门特别洪亮，只要一声吼，家人都不敢吱声。他的儿子小牛十分顽皮，逃学不读书，常常被拳棒交加，让人痛心。他每天晚上喜欢喝几盅酒，夏日，就在门口的凉床上边自斟自饮，边指挥着子女做家务事。他不允许自己的衣服与女人的衣服一道洗，特别是内衣要分开洗。他的一言一行对我的影响很大，我当时觉得这就是男人，很崇拜他。我7岁时，父亲去世，没有父爱，也没有男人的榜样模仿，不自觉地受了他潜移默化的影响，认为男人的性格和阳刚之气就应该是这样，致使我到现在还做不好家务事，但果断的性格和阳刚之气又与其相差甚远。后来听说江伯伯的儿子和他一样，也成了机床厂的权威钳工，我意识到"严师出高徒"和"严父出孝子"的道理。江伯伯已离我们而去了，但他的形象始终留在我的心目中。

小拐角头虽然只有十八个门牌号，但却住着三四十户人家。

这里的人从事着各种各样的职业,有当官的、拉板车的,有吃公家饭的,也有做小买卖的,但人们都相处得十分和睦,没有争斗,没有歧视,一有困难大家都会伸出援手。我总觉得小拐角头就是希尔顿笔下的香格里拉。7 号刘裁缝家是一个重组家庭,但十分和睦。刘伯伯残疾、驼背,刘妈妈是一个高贵人物之后,她嫁到刘家时,带着一个女儿,和刘伯伯又有了两个女儿。大女儿嫁给了旁边的沈家大儿子,他是个警察,大家一有困难就找他,他也乐意帮忙。他对刘伯伯十分尊重。刘伯伯的手艺很好,我一直欣赏他的动作:含一口水,把衣服铺好,用力一喷,形成水雾,再拿炭火烤热熨斗,把衣服熨平。我感到了一种劳动之美。像刘裁缝这样的重组家庭在小拐角头还有许多,他们家庭成员间都包容着各自的经历和辛酸,展现的是一种平民生活和纯净情感。

我眷恋小拐角头,除了眷恋那些大人们,还眷恋那时的小伙伴。17 号是小拐角头最大的门户,门宽 20 多米,门前的石板台阶就是小朋友的乐园。每到傍晚和节假日,我们经常一排坐开,聊天、下棋、玩游戏,无忧无虑,十分开心,真是"人生几何忧,少年不知愁"。再回首,看到身边后生的辛苦,颇有惆怅,他们的物质生活多么丰富,但他们"不输在起跑线"式的竞争,让他们失去了多少应有的少年快乐啊。

老街的往事无法用笔写完,只能用心去感受。我越来越向往小拐角头,向往那时的纯真,那时的简单,那时的清贫,那时的幸福。

我的入团

    那是一个初夏的傍晚,霞光透过楼道和树枝的狭缝洒落在校园里,一片寂静。我独自坐在石阶上,头脑里重复着杨老师的话,委屈的泪水充盈着眼眶。忽然身后响起了脚步声,我不禁站起身,疾步冲出校门。

    当汉翘发来杨光洵老师逝世的信息后,我在悲痛之余,脑海里就出现了上面的情景,想起了我的入团经历,想起了那个年代。

    1962年,我们班入学时的班长是朱毓宝,我担任劳动班委。我个头小,坐第一排,怎么能当劳动班委呢?想来想去,大概是我的家庭出身是劳动人民吧。到了二年级,班主任换成了杨光洵老师。杨老师是部队教官,转业到四中教物理。杨老师一身军人气质,刚毅、坚定、干练。杨老师身体健壮,体操很好,单杠、双杠翻起来有专业范儿。尽管我们很喜欢他,但他很严肃,我们又很害怕他。开学的第一天,杨老师宣布我担任班长,朱毓宝担任劳动班委,我十分诧异,顿时对朱毓宝产生了怜悯之情。我一直很羡慕朱毓宝,他是一个典型的帅哥,高高的个儿,帅气的发型,白净的皮肤,微驼的后背,显得成熟老练。他始终微笑着,说话时露出洁白的牙,给人以亲切感,男生女生都喜欢他。他性格开朗,能吹会唱,是一个才子。与他相比,我土气很多,为什么要换一个位置呢?后来才知道,因为那是在60年代。

当了班长以后,我自然成了入团的培养对象。那时入团很正式,先要政审家庭出身,再看学习和表现。培养过程中,老师和校团委干部要与你谈心谈话。记得第一次找我谈话是在二年级的下学期,杨老师把我带到校团委一位女老师面前,她先鼓励我,对我提出了学习和思想修养的要求,最后还给我提了一条建议。她说:"我们了解到你的家庭很困难,父亲去世早,母亲一个人很艰苦。现在是新社会,你要鼓励母亲,克服封建思想,可以改嫁,改变生活状况。"我勉强点头应允了,但回去以后我一直对母亲隐瞒了这一段话,我想:家族人都在赞美我母亲,这话我怎么能说得出口,让母亲改嫁呢!团委老师的好意,我给"贪污"了。

第二次谈话是杨老师直接找我的。有一段时间,我喜欢收集香烟盒,其中"一枝梅"烟盒上的图案是一只喜鹊登在梅枝上,我即兴在留白中写了一首自由诗:"小鸟啊小鸟,多么幸福,多么快乐,但2/3的人类在受难。"这是当时的主流思想,认为三分之二的非社会主义阵营的人都在水深火热之中,都在受难。我写2/3的时候由于连笔,被人误认为"是"的草写,这就成了反动话了。杨老师很严肃地问我:"这是什么意思?"我做了解释,不知道有什么问题,也很害怕。杨老师仔细端详着纸上的字形,显然同意了我的解释,把烟盒还给了我,微笑地对我说:"你是班长,要处处严谨,做出表率,不要让人误解。"我辩解着,杨老师对我说:"好了,不要有思想包袱了。"我终于如释重负了,心里非常感激杨老师的通情达理,如兄如父的情感油然而生。这个事情以后,我变得谨小慎微,瞻前顾后。我一直想不通,这烟盒纸怎么到了杨老师的手上呢?

1965年的夏初,我们已是三年级下学期了,学校改造操场,为了勤工俭学,发动我们高年级的同学到西郊背河沙来填运动场的沙坑。那天下午天气炎热,我们用布袋背沙子,汗流浃背,越走越沉,许多人走不动了。我与几个女生一道,看到Z君装得很多,背不动了,我把少的给她,把重的袋子抢过来背,我们一道回到学校。第二天下午,杨老师找我到他办公室,严厉地对我说:"有人反映,你与Z君过于亲密,昨天为什么你们俩又一道啊?影响非常不好!"杨老师从来没有这么严肃地批评我,我一声不吭,但十分委屈,心想我们什么事也没有啊,为什么要受这么严重的批评呢?杨老师接着又苦口婆心地讲了二十多分钟的道理。回到班上,我有气无力地喊着"起立!""坐下!",心里十分沮丧。放学以后,校园空空的,我独自坐在冬青树旁的石阶上,回想着杨老师的话。心里也想着我与Z君怎么啦,虽然分男女界限,但心里总想见到Z君,分开了又想见,这不知是为什么,我下决心不再接近她了。我又问自己:入团还有希望吗?

快到毕业了,五个班都有团员,只有我们三(4)班没有团员。三(4)班的学习成绩、社会活动都很好,那就是我没有经过考验?我一直在愧疚。中考结束以后,一天下午,杨老师高兴地找我,说马上召开支部大会,讨论通过你的入团问题。我喜出望外,十分感谢老师和团组织。当支部大会一致通过的时候,我想起龚自珍的诗句"落红不是无情物,化作春泥更护花",老师对学生的爱是无私的,他像植树人,常给你剪枝打杈,让你健康成材。

待正式批准我入团,给我戴上团徽的时候,我们班同学都已回家,等待录取通知书了,许多同学不知道我的入团历程,我的兴奋也没有在同学面前表现出来。但我到新学校以后,收到的第一份同学来信,是一位邻班的同学写的:"看到你胸前金光闪闪的团徽,我十分地羡慕……"

毕业后,与杨老师几十年未见面,多次打听,只因安庆四中人事变动很大,没有消息,只偶尔从汉翘、力军、锡川那里得知一点信息。我常常记起的是居里夫人的一句话:不管一个人取得多么值得骄傲的成就,都应该饮水思源,应当记住自己的老师为他成长播下的最初的种子。

2016 年 9 月

手足情深

前不久,快递公司送来了一个大礼包,我打开一看,是馋人的香肠。这香肠是路维亲手制作的,多年来,我一直在品尝他的手艺,而今年的感觉不同于以往,我觉得这不是香肠,而是一颗心,一份真情。思维穿越时空,一幅幅历史的画面构成了我和路维50年手足情深的记忆。

1965年寒假,芜湖电校来自安庆的同学乘"江汉号"大轮回家。在船舱里,324班的路维在安排寒假期间各项活动,有篮球、足球、游园,十分丰富。在结束时,我同班的柴飞燕说:"怎么程晓苏没有安排活动?"这时,我躺在门旁边的上铺上,心里也确实有些不悦,心想这位学长怎么小看我了,让我边缘化? 其实,我心里早已对他产生了好感。他中等身材,浓眉大眼,英俊大气,充满活力,始终微笑着的脸给人以亲切感。路维走过来,笑着说:"你参加哪项活动?"我一时激动,说:"全部参加。"我那不愉悦的裂痕一下子就愈合了。这就是我与路维的初识。

路维与我们年纪相仿,但大家都把他看成大哥,敬重他、服从他。服从他不仅是因为他的能力,还有他的热情、他做人的大气和舍己为人的品格。在一次足球比赛中,张志武顶球时撞掉了路维二哥的两颗牙。路维毫无怨言,先把志武的头包扎好,再陪二哥去医院治疗,他二哥的门牙一辈子都是假牙。他这种容得下兄弟的胸怀、大气的做人风格很使我敬佩,我和路维的接触就多起来了。

我的家离大轮码头很近,有时听到鸣笛再去登船也来得及。那个时代,轮船是主要交通工具。上学时,我家就成了我们来来往往的据点,船经常晚点,路维就吃在我家,住在我家那简陋的小阁楼里,饿了就自己动手下面条。这种无拘无束的相处,使我们结下了手足之情。我的家人、朋友、街坊,都能脱口而出他的名字:路维。

1967 年,"文革"进入了武斗阶段,母亲担心我这尚未归家的儿子被伤,或参与伤害别人,十分焦急。她冒着风险,辗转两天,坐小火轮来到了芜湖。当她找到电校一问,得知我不住在学校了,她失望了。一个人在最困难的时候,想求助的人往往就是他最亲、最信赖的人。这时,我妈妈说:"我找路维,他在吗?""路维是你什么人?"妈妈说:"路维是我侄子。"在传达室贝大爷和校友的帮助下,母亲找到了路维。路维像接待家里亲人一样接待了我母亲,和严根长老师一道安排她吃饭、住宿,母亲非常满意。第二天,路维带着我母亲在芜湖师范学校找到了我。这时的芜湖还是安定平和的,但母亲坚持要带我回家。这次回家,一待竟达半年之久。

当时,我和路维对时事的认识并不一致,但这种分歧并没有影响我们同学之间的真情。情感往往会超越信仰，我常思考大学生辩论会的裁判哲理，一场辩论会、一个主题，有正方、反方，裁判评分时，主要不是看你的观点正确与否，而是看你阐述观点的逻辑性、思维能力和表达能力。在人生历程中，我们每个人都会有不同的认识，但评判做人的标准是真诚、阳光和正直，与认识无关，我和路维就是这样真诚、阳光的朋友。

在芜湖也开始动荡以后，路维就也回家躲避武斗了。为了找一个更清净的地方消闲，我的姨妈邀请我们到乡下去避一避。我和路维、查安生以及323班的滕永斌带着两个篮球来到江心洲，在这儿度过了非常愉快的一段时间。

每天吃了农家饭菜后，我们就到小学操场打篮球，打完球就聊天，侃大山。一天，我们到中心小学打球，遇到了小学校长，原来她是我们校友周梅生的母亲。周妈妈打来热水，找来了新毛巾，给我们擦汗；她又买来西瓜为我们解暑；她做了丰盛的晚餐慰劳我们，这是我们吃的最美味的一餐。世外桃源的生活没有争吵，没有烦恼，我们已经陶醉在这与世隔绝的小岛上。

晚上，有兴致的时候，我们抱着凉席来到停在江边的木船上纳凉。躺在干净的船板上，一阵阵夜风吹来，好一个凉爽惬意。船在江波上荡漾，看着天上的银河、星星、月亮，我们觉得心旷神怡。但是，当我们向远处看时，一道道闪光伴随着杂乱的声音传来，这是15公里以外安庆城，那里并不平静。这个场景一下子把我们美好的心境打破了。我们又谈起了时局怎么发展的沉重话题，聊起了将来我们怎么办的问题。路维已到了分配的时候，什么时候能分？我和查安生觉得学到的专业知识太少，将来怎么去工作？谈着谈着，个人的理想就蹦出来了，滕永斌说：我要当兵去；路维说：我要当电工。每人都有自己的志向。这一幕场景像版画一样刻在我的脑海，无法忘记。

1968年，路维被分配到新疆乌鲁木齐畜牧机械厂，回家一趟需四五天时间，无法照顾家里。他兄妹共5人，两个哥哥也被分配在外地工作，弟弟、妹妹下放到农村，家里两位老人身体不好，无人照顾。1969年，我们虽然已复课了，但经常回家，每次回安庆都去看看路妈妈，和她拉家常、叙邻里、谈学业、说世道，偶尔的陪伴给了她一点精神的安慰。寒假的一天，我去看路妈妈，路妈妈感冒生病躺在床上，我很着急，只能倒开水、帮服药，尽点孝心。回家跟母亲一说，母亲把家里的糖票找出来，让我买一包红糖送过去。当我把一包红糖送到路妈妈手上的时候，路妈妈十分感动，精神好了很多，看来生病与心情、精神是相关的。路妈妈说："你和路维像兄弟一样，谢谢你。要是路维在家就好了，他会做事，会体贴人。"我把路妈妈的心愿写信告诉了路维，希望他想办法调回来。

1973年，路维终于实现了自己的愿望，调回到安庆面粉厂工作，当上了一名电工。

是金子总会发光。路维在电工这个平凡的岗位上，充分地表现出了他的组织能力、协调能力和专业水平。在当时的背景下，人人都要通过政审。到芜湖来调查路维在"文革"中表现的政工人员是我初中的同学，他凭着想象说了一些神乎其神的事情，我告诉他，路维我最了解，证明材料我来写。我说：路维性格阳光温和，与人为善，跟什么人都能和睦相处；路维擅长文体活动,心身活跃,是篮球队队长;路维聪明善学,业务能力极强,他在安庆六中就获得过全市数学竞赛一等奖;路维顾全大局,纪律性强,什么时候都会与组织保持一致。我的谈话得到外调人员的认可。

路维后来当上了米厂、油厂、食品总厂厂长和市粮食局调研员。我的材料是否有作用我不清楚,但他一路走来十分顺当,他的才干得到了充分的发挥。

2004年年底,我母亲突然因病去世,当时我出差在境外,等我赶回来时,母亲的后事已被安排得妥妥当当,都是路维一手操办的。在骨灰下葬时,路维安排了一个别开生面的悼念仪式,他买来了100束菊花,分发给前来悼念的亲朋好友,大家排着整齐的队伍,护送着骨灰盒下葬到墓穴。这个场面令人肃静,让人止不住地哭泣。这一个仪式、场面表达了路维对我母亲的情感,表达了我们家人、亲友对我母亲的思念,也弥补了我没有尽孝的遗憾。这遗憾实际上路维已给我弥补了很多,我不在安庆时,路维经常去看望我母亲,母亲也把路维当成自己的孩子一样,凡事都和他商量,有困难就找他。许多时候,我独处静思时都会默默心念:感谢路维。

2015年7月

潜聚皖水影

　　张文杰和江时杰是时代赋予我的朋友,他们是安庆一中文艺宣传队的舞伴,由于长期搭档,成了兄弟般的朋友。我和路维是亲如手足的校友,所以我们四人自然就成了朋友兄弟,家长也仿佛成了亲戚。张文杰虽然已是高中毕业的成年人,但他忠厚淳朴、单纯正直。小时候,由于独子惯养,他脑后留着一撮小辫子,大家都戏称他"小尾子"。

　　到了 1972 年,第一批下放的知青有许多人已被招工回城,江时杰已成了电工仪表厂的中层干部了,张文杰还一直没有回城,张妈妈还是一个人孤苦伶仃地生活,这牵动着我们几个朋友的心。那年我休探亲假回安庆时,在妈妈的催促下,路维、江时杰和我一起去看望和慰问还扎根在农村的文杰。

　　汽车经过三个小时的颠簸,到了潜山县王河镇,离文杰下放的河镇公社还有几十里地。由江时杰带路,我们徒步前往。晌午时分,我们路过了一个知青点,几十位年轻人围在生产队的稻床上,正在翻晒着刚收割的油菜。我们停下来,与他们交谈起来。

时杰是一个"外交家"，经他一介绍，才知我们是安庆老乡，双方便格外热情。当介绍到女生小潘时，我们互相喊出了名字，大家都很惊讶，原来我们认识。小潘是安庆一中（当时叫916中学）的红卫团团长，当时的红卫团是代替学生会的。1969年，芜湖红代会正式成立，她代表安庆市红卫兵组织到会祝贺。由于是老乡，我在芜湖电校接待了她，留下了深刻的印象。那时小潘留着运动发型，穿着旧式黄军装，身体健壮，充满着朝气和活力，显得气宇非凡。当时我和她开玩笑说："安庆一中的学生领袖我见过不少男生，程向东忠厚诚实，又很睿智。没想到女生也是巾帼不让须眉。"她说："我们女生一定会超过男生的。"显得自信而刚毅。现在的她，黑了很多，结实了很多。据介绍，她是这个知青点的头儿。由于我们的到来，她非常高兴，提前收工了，我们一起来到了他们的家。这儿是生产队的队屋，十分简陋，仅有用稻草铺成的床和木长条桌、长板凳。除了劳动工具，还有书、旅行包及文艺宣传的道具、稿纸，最显眼的是墙上的标语——"苦不苦，想想长征两万五"，充满着知青元素。我在想，这儿的生活是艰苦的，但在精神上他们是富有的。在劳动之余，他们还在向农民传播文化知识，这是多么不容易啊。我与他们是同时代的人，由于上了中专，没有当知青，这似乎是一种幸运，但与此同时，我也感到缺少了什么，缺少了这里丰富的精神食粮。我们对他们产生了羡慕之感。我们简单地吃了中饭，畅快地聊了一会天，依依不舍地告别后，又上路了。这是我第一次近距离地接触知青生活。

在离文杰的村庄不远的地方，一条狗跑过来紧跟着我们，摇着尾巴昂着头，一副觅食的样子。这时，江时杰不知使了什么招，这条狗倒在了路边，他正要用绳子绑住拖走，被后面的农民发现了，农民跑过来大喊："你们要给钱，要赔！"江时杰表现出了敢于担当的气概，说："你们走，这里有我。"只见时杰从挎包里掏出四包"大铁桥"香烟给了这位农民，和他交流起来，很快，他们满意地成交了。我想，贫穷的农民是多么容易满足啊。我们用一根绳子拖着这条狗进了村庄。

文杰和几个村民一道出门迎接我们。见我们带来了一条狗，大家都忙活开了，有的剥皮清洗，有的烧开水，有的准备做饭。房东为我们安排住宿，看样子，文杰的人缘很好，和农民们像一家人一样。

为了尽兴，文杰喊我一道去供销社打酒。供销社的售货员白白净净，看来是不参加劳动的"白领"。我们要买好一点的酒，他说没有，文杰说："我昨天看你进了濉溪大曲，怎么就没有了？"他说："只有山芋干酒。"文杰气了，一手抓住他领子说："你卖不卖？"售货员开始还很凶："你想干什么？"文杰大喊一声："苏生，上！"我立即答道："好！"其实，我答得干脆，行动却很迟缓。但见效果了，那个"白领"马上软下来，改口说："好，好，我把留给支书的卖给你吧。"他妥协了，我们的问题也解决了。这时，我对张文杰刮目相看了，他是一个书生，文文静静，平时轻声慢语，满腹经纶，下放不久就当上了代课老师，今天怎么变得凶猛起来了？在回来的路上，文杰说："在农村，农民很朴实，干部也不错；可有些人坏，有一点权力都要用尽，搞交易。"我明白了：在接受贫下中农教育的同时，还要与邪恶做斗争，维护正义，要谦虚与勇敢兼具。

晚上，我们四个朋友与房东、邻居一起吃肉、喝大曲酒。酒过三巡，话匣子打开了。农民们说："张老师在这里，你们放心，我们会照顾好的"，"他真是一个好人，表现非常好"，"下次有指标，我们联名上书，也要让他走"。听到这里，我为文杰高兴，他虽然进城迟了，但获得这么多乡亲的赞扬，也值了，是金子总会发光的。

饭后，房东炒了花生，摆了茶点，邀请我们到房前的晒场上坐坐。我们围坐在一起，天南海北地聊天。房东是一个单身汉，比我们大几岁，眼睛高度近视。他二胡拉得特别好，一曲《二泉映月》优雅动听，让我陶醉。此时，我望着天空，满天的星星闪闪发光，银河系的两条星带密密麻麻，北斗星组成了"之"字形状，忽然一道光束划过，记得地理老师说过，那是陨落的小行星。农村的天空是那么清澈，那么美丽。

第二天一早，邀上张文杰，我们四人一同返程。沿着皖河的上游小路，我们前行到了怀宁县城石牌镇。路维建议："我们留个影，这一趟很有意义。"于是，我们到照相馆，照了一张二寸照片，时杰说："苏生题个词。"我说："潜聚皖水影。"大家一致叫好。一张题有"潜聚皖水影"的四个男人的照片中，我们穿着半旧的军装，既像学生又像战士，既像兄弟又像战友，稚嫩的脸庞，却显出沉稳的精气神。这张黑白照片，我一直保存了45年，常打开看时，脑海里便出现了那两天体验知青生活的场景，也就更加思念我的兄弟和知青朋友。

2017 年 1 月 30 日

雨耕山记忆

夜幕降临,华灯初放,雨耕山在灯光装饰下显得十分现代,壮观、美丽,酒文化产业园确实让这古老的校园焕发出了青春的气息。我怀着记忆和对新鲜的向往走进了产业园,芜湖电校的旧影在现代的银幕中重归我的脑海。

(一)

面对青山街的产业园广场上,熙熙攘攘的人群在享受着城市慢生活。这里曾是电校的大操场、足球场,两端的摩登酒楼曾是学校实习工厂的地盘。登上自动扶梯,来到山顶,一座西式两层小洋楼被装扮一新。蓝色的房顶,清水墙体,内旋走廊,像一颗璀璨的蓝宝石镶嵌在山顶上,这是芜湖电校的行政办公楼,原为英国领事馆官邸。周围的酒吧曾是学校的各科实验室,装饰得十分温馨,在和谐的灯光下,人们在品尝着红酒的美味。

面前一座庞大的裙楼就是教学大楼,红色的百叶窗,红色的楼檐顶,清水墙体被装修一新。教学楼依山而建,从一层到五层,错落有致。高大的窗户是双层的玻璃,外加木制百叶窗。教室的门都是对开的自动闭合的双扇门。当年这里是一个完整的城堡,四届同学的教室、实验室、图书馆、礼堂、办公机构全部在楼内,连下雨天的体育课也在宽大的走廊内完成。这本是1935年西班牙教会创办内思工业学校的教学楼,至今木质如新,石砖无损。从上学到现在的50年时间里,这座罗马式建筑对我都是神秘和新鲜的。

从山顶石阶向下,来到小操场。右面正在装修的神甫楼是学生宿舍,全校男生全部住在这里。左面的食堂已变成了六层楼的红酒博物馆,世界的名酒都可以在这品尝和欣赏到。旁边的女生宿舍小楼已改建成现代大厦。正前方是学校的大门。这儿本来没有校门,是1969年全校师生自己设计、自己修建的道路和大门。之后,芜湖电校的大门就由朝南改为朝西,通向了吉和街。

电校的大门原在教学大楼的正面朝南,从大厅而下,回转台阶而出,围墙拥着高大的双扇大铁门。这个大铁门是常年紧闭的,师生员工一般都是从边门进去。校门牌号是交通路8号,这条交通路实在是不"交通",路宽不到4米,石砖路面。记得我们上学报到时,高年级同学是用板车把我们的行李从码头拖到学校的。现在的交通路已变成双车道柔性路面的交通要道,旁边低矮的民房也变成了高楼大厦。

校园里走了一圈后,我又重返了我们的教室、我们的宿舍、我们的实验室,芜湖电校的校园生活场景又引起了我的追忆和思考。

（二）

芜湖电校的前身是芜湖内思工业学校，由西班牙天主教教会创办，这是我国最早的职业技术学校之一。新中国成立前夕，一部分教职工跑到台湾新竹县创办了同名学校，剩余的师资继续办学。几经易名，至 1962 年成为"第一机械工业部芜湖电机制造学校"的部属中专。由于继承了教会学校的传统，学校教学十分严谨，学生学的知识也就十分牢固、实用。

每个学生进校的第一学期都要过锉六角螺帽的关。实习老师发给每个人一块钢料，我们要在一周内全手工把它锉成一个标准的六角螺帽。锉平面、分六角、内攻丝、倒角、抛光，每个工序都不能马虎。做好后，六个面要用钢尺测量，透光均匀平整，六个角用角尺量准确无误，内螺纹用计量螺纹杆套装准确。老师检查一丝不苟，一次能过关的很少，但每人必须过关。

我们的所有课程学习都像锉螺帽这样严格、认真。花时间最多的是制图课，老师要求一周一张图，有平面图、立视图、剖视图，所有图样用手工画出，图纸线条、图解的仿宋字不能有一点差错，包括标识、标点，否则重来一遍。

我们的专业课程大部分在实验室上，每个学期都有半个月时间在实习车间跟老师傅学操作，电机制造的全过程都要摸爬一遍，所以我们穿工作服的自豪感从学生时代就开始了。

芜湖电校这种严谨的学风和教学与实践相结合的方法，使学生既具有理论知识，又具有动手操作能力，在实际工作中就成了实用人才。在许多大企业中，电校毕业生往往由一个不起眼的中专生，慢慢脱颖而出，成为骨干。我在机械行业工作期间，深深地体会到了这一点：重型机床厂是全国八大机床厂之一，安徽的龙头企业，厂里云集了全国各大专院校毕业的技术人员，有三个技术权威，被称为"太阳""月亮""星星"，其中号称"月亮"的就是芜湖电校毕业生。四川东方电气集团是我国三大动力企业之一，集国内诸多人才创办，而芜湖电校六七届毕业生独占鳌头，从集团到部门、分厂，许多领导岗位都由芜湖电校的毕业生担任。这些人才的硕果，就是芜湖电校一丝不苟教育的成果。

难怪20世纪80年代初，芜湖市大力引进人才时，时任人事局局长的杨石平就规定：同等学力情况下，芜湖电校毕业生优先。

（三）

芜湖电校的师生有一种很显著的共同特点，即成熟、理性、重情。究其原因，我认为是源于多元文化的融合和积淀。

电校的生源是各地成绩优秀的学生，只因为他们家庭经济困难，急于就业，失去到高校深造的机会。他们没有优越感，没有远大的愿景和奢望。穷困使他们变得成熟，热爱生活使他们懂得情感，有一种理性的文化心态。

芜湖电校的老师大多是来自全国各地的优秀人才：有从美国回归的专家，有部队的教官，有名校的毕业生，各种文化交融为一体。同学们印象最深的是一位从美国回来的教授,他拿着全校最高的工资,但儿女们星期天回家吃饭,还要交各自的伙食费,这种 AA 制的西洋文化使我们懂得人生没有人为你买单。"文艺沙龙"的老师个个能诗善画,琴棋皆通,让同学们羡慕不已。这样的校园环境处处使人受到文化熏陶。

芜湖电校的前身是教会学校,天主教主委是我们的副校长,还有些教职工是信教的,天主堂就在我们旁边。这些都无形地向学生们传递着一种仁爱意识。

这种多元融合的文化氛围,熏陶着电校的同学,使他们成熟、理性、自信、宽容。在工作、生活中,在人生的道路上,他们知进知止,开放慎行,探索求是,显得十分稳健、踏实,在各条战线上都脚踏实地,默默地奉献。这就是芜湖电校特有的多元文化融合的积淀。

(四)

有人问,你的母校在哪里?我只能说,我的母校在雨耕山。因为工程大学是母校,机电职业技术学院是母校,但也都不是,更确切地说,它们都是芜湖电校生出的蛋而后孵出的鸡。

1978 年,发展科技、大办教育的热潮兴起。电校的领导和少壮派的老师积极筹划,努力创造条件,终于使学校升格为本科大学——安徽机电学院。这样,小小的雨耕山满足不了办学要求,学校便出人出资,把大学搬出去,成了今天的工程大学,留下中专部在原校址上,成了芜湖机械学校。21 世纪初,在大办职业教育的环境下，机械学校又升格为大专学校——安徽机电职业技术学院。扩招以后，小小的雨耕山又满足不了大专的办学要求，学校整体搬出去，留下学校的躯壳躺在了雨耕山上。

据说，20世纪50年代初，苏州轻工业学院的建立，有芜湖电校相关专业的参与；1958年安徽工学院就是由芜湖电校的机械专业搬出去与其他学校合并办成的。

芜湖电校就是这样，像一只生蛋的母鸡，把一只只小鸡育成后，自己的躯体仍然不灭，继续在努力哺育新的生命，雨耕山酒文化产业园就是它生命的又一次发光。在我们享受酒文化的时候，我们不能忘了还躺在这山上的"母鸡"的无私奉献。

（五）

近几年来，校友聚会成了时尚。芜湖电校校友聚会非常频繁，有班级的、同届的、同城的。岁月夺去了青春的容貌，但聚会时自报姓名后，大家立即想起了记忆中的青春容颜。他们追忆着自己当年带着梦想奔赴祖国各地，在新疆、在内蒙古、在省城、在校内，在部、厅属企业里如饥似渴地学习专业，在那重学历的年代，各自为学历奔忙的奋斗历程。电校的同学们在各条战线上成功地成长起来，纷纷走上了厂长、科长、工程师、高级技工等岗位，发出了真金的光。50年后相见，他们忘记了昔日的烦恼和遗憾，畅谈的是老师的恩惠、同学的友情，叙述的是学习中的竞争、生活中的帮助，唠叨的是儿孙的温馨和身体保养的秘诀。

有时，人在兴奋时容易流露真情和童心。电校同学的聚会是一次次童心的萌生和真情的自然流露。视频中,相隔50年的照片,让大伙儿捧腹大乐;解说中,当年的广播站站长用普通话朗诵诗歌、解说词;联欢时,当年的文娱部长带领当年的文艺骨干唱当年的歌、跳当年的舞。藏式《洗衣舞》还是那么活跃,《红色娘子军》让一位近70岁的女同学劈叉、踢腿。会乐器的、会书法的、会唱歌的各尽所能,大家都回到了那雨耕山的童颜、童心时代。

经时光磨炼过的同学们,仍然没有忘记互相关心、互相帮助的传统。老同学中,有生病的、有贫困的,急需帮助。在芜湖校友会上,校友发起成立了互助基金,召集人胡新芳率先捐款一万元,做了表率。互助基金将重点资助特困同志,表达校友们的一份情意。这时,谁不感到岁月掩不住真情,真情使友谊永恒?

当我走在雨耕山的角角落落,沉浸在学生时代的美好回忆中,面对着一个个现代文明的业态,感觉是那么的美好,那么的香甜。雨耕山的第二个春天到来了,她正孕育着新的文明、新的产业,发出了更灿烂的光。

2015年5月

金子总会发光

　　在雨耕山回忆中,我又想起了校友胡新芳。校友中上了年纪的人都知道胡新芳的名字,她有着坎坷崎岖的人生经历。1964年,她是芜湖电校电机216班的团支部书记,又是安徽省女子少年乒乓球冠军。她当红卫兵时,人们争先恐后地听她的报告,感受她的表达能力和感召力;她揭批康生等人罪行时,由于早于粉碎"四人帮"8年,受到不公正的待遇。这些历史的光环和尘埃都没有影响她人生观的正能量,她总是以阳光的心态、执着的性格、正直宽容的品格、睿智敢为的作风及心存善良的情怀,面对社会,面对生活,赢得了人们的尊重。

　　我和胡新芳有着50年的学习和工作的交往,她的人生经历使我悟出一个道理:一个人在别人心目中的地位,不是取决于他的职位和他所具有的光环,而是他在人生旅途中点点滴滴积淀起来的人格品质。高尚的人格品质像金子一样,任何尘埃都不会影响它的光芒。

　　1965年秋,芜湖电校举办了一次秋季运动会。在乒乓球赛中,我和胡新芳有一次对战的机会。在比赛中,我一筹莫展,她高抛的上旋、下旋球我接不住,她凶猛的抽杀我防不住,很快败北。一打听,她是安徽省少年女子冠军,我又自喜,与冠军打球,我还得了几分。我仔细端详着对手,她齐耳的短发,中等身材,明亮的眼睛像夜间的月亮,白里透红的脸庞像白日的太阳。这就是我对她的最初印象。

我经常回想着这场比赛,给我印象最深的是她打球时的执着精神,她认真对待每一个球,并不因她的对手水平低而马虎懈怠,她这种认真的精神、尊重别人的风度、执着的性格给我们留下了深刻的印象。

退休以后,我以打乒乓球来锻炼身体。球友们为了利用我的社会资源,推我当乒协主席。我这个外行岂能胜任,我立即想到了胡新芳,聘她为顾问,让她分管少年球赛工作。在乒协活动中,我又一次感受到她对工作执着、认真、务实的精神。2010年她动员自己的妹婿资助了全市少儿乒乓球赛。比赛是在暑假炎热的夏天,她是组委会主任,下面有若干个职能小组和工作人员,但她全天候地坐在赛场里,亲自处理各种事务。我去看场时,她已经坚守两天了,我建议她回去休息,她说:"不行,我不放心,最担心的是安全问题。"她的一席话又一次使我肃然起敬。多少当领导的,只是在组委会挂了个名而已,而她不是这样,她把职务当作自己的事业和责任,要干必须干好,不图虚名。她这种执着、负责任的精神,在那些年轻的选手和教练员、裁判员中产生了强烈的反响,球友们一致夸奖胡新芳。

她的品格高尚首先表现在对道德底线的坚守和不畏艰险的

勇气。一个特殊的机会,我看到了胡新芳当年被迫写的"交代材料"。看过以后我对她肃然起敬。她在强大的压力下,材料只描述事件的过程,只写客观的事实,不写应时的观点和评论。文中不伤害任何人,不推责给其他同学和朋友,有的也只是自我批评。在那种环境里,她坚持了不连累别人的道德底线,是多么难能可贵啊!事后,我想到了许多在烈火中永生的英雄人物,胡新芳的坚毅和坚守可以与其媲美。

她在"文革"中受到的伤害,很少有人能与其相比,但是她像弥勒佛一样容天下难容之事,表现了她宽阔的胸怀。她不怨天尤人,不记恨任何人,总是以阳光的心态面对社会,原谅各类人。因为她认为,在那父子背离、夫妻反目的社会环境里,谁能无错?在组织校友会时,她始终坚守着这种理念,将共叙友情、感恩师长、寻找快乐作为联谊准绳。通过她的努力,"团结友爱"成为芜湖电校64级同学联谊会的会风,他们的聚会成了校友聚会的楷模。

胡新芳的品格还表现在她不计名利的风范。校友联谊会实际是胡新芳主持操办的,但是她把出头露面的场面都交给别人,而自己做无名英雄。她总是扎扎实实地做事、工作,不图任何虚名。会后,她认真地、高质量地做聚会纪念册,并与联络员一起细致地分发到每个校友手中,得到了校友的高度赞赏。她在做这些工作时,遇到了各种思想的碰撞,但她是非分明,顾全大局,许多痛苦自己咽下。她就是这样点点滴滴地展现出她的人格品质。

"文革"的阴霾导致新芳被推迟了分配。但这并没有影响她积极向上的精神追求,她放下包袱全身心地投入工作中。在电校工厂嵌线车间里,她很快成为最熟练、最优秀的工人。她调入芜湖潜水装备厂,从普通的技术人员做起,很快脱颖而出,1992 年她获得了上海市"三八红旗手"的称号。她的能力总是在平凡的岗位上渐渐地展示出来,在一个人才成堆的地方,她当上了厂长。芜湖潜水装备厂是交通运输部上海打捞局管辖的事业单位,又是一个生产企业,许多弊端影响着企业发展。胡新芳当厂长以后,敏锐地意识到必须实施改革,才能改变现状。她大刀阔斧地实施企业内部分配制度,市场营销和人力资源配置的改革,使一个企业焕发青春活力,企业很快上了一个台阶。

有了活力的企业就有了创造力。胡新芳带领技术人员致力于开发新产品。2002 年她取得了我国航天领域的关键项目——神五医用氧舱、模拟返回舱等各种容器设备的生产权,她带领团队高品质地完成了任务,获得北京的嘉奖。在市政府的会议上她被一致推荐为劳动模范。胡新芳开发的船用水泥罐容器设备产品一直是潜水装备厂的当家产品,至今还发挥着效益。她用自己的成果再一次证明了是金子总是会发光的道理。

胡新芳不仅做人高尚、正直、诚实、是非分明,而且还具有一颗慈善的心。她在筹备雨耕山校友会时,为了把友情传递给每一个同学,提出了"一个不能少"的要求。她想方设法,千辛万苦,四处寻找,终于把已退休,身居当涂、昆明、常德、上海、孝感等地的校友一一联系上,使他们圆满地参加了雨耕山校友联谊会,这些年近 70 的老校友无不为之感动。在联系中,她发现有的校友不能参加联谊活动是因为家庭困难,想来而不能来;有的校友妻子生病,有的本人卧床不起,有的有经济困难,她的怜悯之情油然而生,认为不能让这些同学在生活中掉队。她倡议发起成立了"爱心互助基金",并率先捐款一万元。在芜湖的校友联谊会上宣布这一消息时,大家为之震动,对这位校友的敬意又增加了一分。在她的带动下,一大批校友纷纷解囊捐赠。春节前夕,校友会排查一批困难户,组织慰问。当慰问金送到这些校友手中时,他们感动流泪。校友王廷元因家庭困难打工在外,当胡新芳等同学把慰问金送到他家时,王廷元激动得泣不成声。校友高道毅兴奋地说:"我们像掉队的红军小战士,现在又找到了温暖的组织。"这是对胡新芳多么高的评价啊!

胡新芳关心人、爱护人的事处处可见,我在工作中常常听到许多关于她的美谈,"我的岗位是她安排的","我的住房是她帮助解决的","我的退休金是她帮助落实的","我生病是她照顾的"……这一句句的口传都表明:胡新芳是一个内心厚重的人,一个慈祥的人。

2015 年 6 月

兄弟情缘

　　我和汤锡川的兄弟情缘于初中三年级的下学期。1965年我们快要毕业了,但四中的"一日一题"和数学竞赛照例举行。5月的一天下午,全校在操场集合开大会,布置数学竞赛事宜。一个班一竖队,我已站好,汤锡川大概怕迟到了,匆匆忙忙挤到我的前头,调皮地撞了我一下。这时,他手中的剃须刀片划到了我的手背,立即皮开见血。锡川抱歉地说:"对不起,我不是故意的。"其实我根本不怪他,自从老师把他调为我的同桌时,我们就是好朋友了。不知怎的,我天生喜欢他,喜欢他率真的性格、正直的品格、单纯的稚气,还喜欢他聪明灵敏、调皮的样子。

　　这一划,在我的手背上留下了一道细细的疤,几十年过去了,依然可见。也因这一划,拉近了我们的兄弟情。每当我看着这疤痕的时候,汤锡川的音容笑貌就浮现在我的眼前。他,中等身材,结实的身板,虎头虎脑。他始终理着平头,短寸发犹如他的人品,如一湖秋水,清澈见底;长着青春痘、不平整的脸,生动活泼,刚毅自信;目光炯炯的眼睛和微笑的嘴唇,似乎在告诉你他的真诚。凡是接近他的人,都仿佛感受到了春日清风、冬日暖阳,使人信赖、踏实。汤锡川就是这样一个至纯至净的人。

汤锡川出身于领导干部家庭,生活条件比较优越。我的家境困难,母亲在纺织厂上长白班,中午家里没人做饭,只能到街道食堂去搭伙,常常是时间不凑巧,饱一顿饿一顿。中考只剩最后一周时,汤锡川知道了这个情况,诚恳地邀请我中午到他家吃饭,他热情地坚持,我应允了。汤妈妈非常热情,不仅做好菜好饭,饭后还削一个苹果给我。这一周,是我从小到大吃得最美味、感觉最幸福的一周,对他们的感激之情一直萦绕在我的心中。让我悔恨的是,自离开安庆以后,我一直没有去看望过汤妈妈,我经常有负义的自责。

毕业以后,我进入了芜湖电校,汤锡川考入安庆一中。在当年的交通和通讯条件下,我们见面机会很少,但我每次回安庆时,都打听汤锡川的情况。有几次,一中的校友绘声绘色地给我描述汤锡川打抱不平的"事迹",让我对他又增加了一份崇敬心理。

1972年,大学恢复招生了,汤锡川和四中的同班同学汪力军被招到安徽师范大学,汤锡川在数学系,汪力军在外语系。他们一到芜湖就来电校找我,我们又像亲兄弟一样见面了。在芜湖的日子里,我们经常一起吃饭、一起聊天、一起散步。我陪汤锡川去得最多的是一位老干部的家。他是汤锡川爸爸的老朋友,在"文革"中被迫害致死,其夫人精神受到刺激,带着5个孩子生活十分艰难,家从范罗山的别墅里搬到水泥平顶的两间平房里。5个子女中4个大的全是女孩,其中二姑娘长得最漂亮。她中等身材,白皙的皮肤,一双大眼睛被长长的睫毛装饰起来,就像两颗水晶葡萄,显得格外美丽。我和锡川经常与伯母聊家常,和跟我们一般大的孩子们聊生活、谈工作。渐渐地,我了解了汤锡川的心思。伯母作为父辈的朋友,他应该去看望她、安慰她,但最让他牵挂的还是二姑娘。当时,二姑娘为了改变自己的状况,正在跟一位工人处对象。汤锡川为她惋惜,认为她今后应有更好的生活。在汤锡川同情的背后有一种爱恋之情。但是在那个年代,那种特殊的家庭境遇,有情难以表达,何况二姑娘下放在农村,双方接触很少。汤锡川在感情表达上十分内敛,没有勇气,这段刚萌芽的感情很快就萎缩了。

1975年,汤锡川师大毕业分配在安庆二中当教师,这段泯灭在襁褓中的情缘再也没有复燃过。后来,听说二姑娘的婚姻很不幸。我好后悔,当时为什么不把他们中间的一层窗户纸捅开呢?直到后来我见到汤锡川的夫人时,感到了一些欣慰。锡川夫人身材高挑,端庄大方,一副知识女性的形象,与锡川是十分般配的一对,我怜悯的只有二姑娘了。

退休后,老同学聚会时,我们俩又聊到了这段美好的时光,大家都幸福地笑了。我终于懂得:情有时很平淡,我和锡川的兄弟情其实是平平淡淡的,但却在彼此内心深处;情有时也很神秘,什么都没有说,但永远在无声处,就如我和锡川的往来也仅仅是发一个信息,相互慰问慰问;情有时如同一只饥饿的小羊,在回忆中,就闯进了芬芳嫩绿的草地,在我和锡川西窗剪烛时,就享受了这嫩草的营养和清风、阳光。

2016年5月

问道文殊院

初冬，暖阳高照，天高气爽。周日与朋友相约，去千年古村查济旅游。在参观过古桥、古楼、古民居之后，在同行的佛教协会秘书长的建议下，我们造访了文殊院。

文殊院位于查济的北端，坐北朝南，居半山腰中。背面的远处是重山叠岭，两旁是山林青青，溪水潺潺，钟奇毓秀。初冬时节，红黄青绿，层林尽染，好一幅彩色画图。丛林中，一片黄墙楼宇镶嵌其中，显得十分庄重而优雅。

由于秘书长已事先通报，寺院的主人提前在门前迎接。这主人是位女宗，高高的身材，白皙的皮肤，穿着青黄色的半旧僧服，手上的佛珠不停地转动，气宇非凡。经介绍得知，她的法号叫来炜。在双手合十行礼后，她用纯正的普通话向我们介绍文殊院。

文殊院是泾县宝胜禅寺（水西庙）的下院，供的是文殊菩萨。文殊是诸菩萨中最有智慧的，也叫管智慧的菩萨。文殊院选择在这里，是因为查济村文脉源远流长，民风淳朴雅正，有智者的气场，所以成为新的文殊道场。来炜法师陪同我们巡院，并逐佛介绍。进入山门后，中间的大殿是文殊殿，镏金的文殊菩萨端坐中间，弟子围坐两旁，大殿两端依墙整齐地供放着几百个文殊的小坐像，据说都是居士们供奉的。文殊的背面供着观音菩萨，观音在这里居于次位。后楼供的是药师佛，他是管健康平安的。楼上是藏经阁，藏着几百部《大藏经》，许多是乾隆年间刊印的版本。两旁的厢房是讲经堂和客房。厢房有三人间、双人间、单间，每间都带有卫生间，是给云游四海的僧人和居士们住的。整个寺院方正端庄，整齐紧凑，井井有条。寺院除功德箱外，没有香火，没有供品，没有商业气息，一切都显得十分清静。

在客堂里，我们围坐交流。来炜法师开门见山地对我说："我过去在芜湖新达酒店工作，接待过您。"我非常惊讶，原来我们认识？我好奇地问："你什么时候出家的？"佛教协会秘书长介绍了她的身世。她的父母是司法干部，家庭生活很优越，她自己当过教师，下海经过商，后来在居士们的带动下，跨入了佛门。经过多年的修行，剃度成僧，从佛学院毕业后，在广东韶关住寺修行。两个月前，宝胜禅寺的宗行法师召唤她回到文殊院。

秘书长的一番介绍，顿使我们对来炜法师有些好奇，有些敬佩。又因是熟人，顾不得不敬，问了一些平日不好问的问题，于是就有了以下的问答。

"你为什么要入佛门呢？"

"我认为这里是我理想的归宿。念佛求生净土，念佛求生善根，念佛求往生。这里的清静环境是我追求的。信佛先学做人。按照佛陀慈悲的教诲去做，无欲无求，内心清静，解脱人生的一切烦恼。佛把普度众生视为己任，为他人服务，做到无我，也就是毫不利己，专门利人。这也是我的人生目标。"

"进了佛门有哪些戒律？"

"菩萨戒由浅入深，先有三规，再到五戒，直到真正成为僧人以后，戒律更多。男宗有一百多条戒律，女宗有两百多条戒律，比男宗多。因为女人的烦恼比男人多，容易急躁、嫉妒、傲慢、动情，所以要更多的戒律。女宗见到男宗要下拜，不分年龄大小，因为只有下拜了才能放下傲慢，放下了傲慢什么都可以修行好。"

"出家人为什么要戒酒？"

"五戒即是不杀生，不偷盗，不邪淫，不妄语，不饮酒。佛教一切戒律都以五戒为根本。前四戒所禁的行为本质是罪恶，酒的本质非罪恶，但酒能刺激神经，使人丧失理智，导致败坏德行，诱发其他的罪恶。不饮酒不光指酒，诸如大麻、吗啡等一切麻醉、刺激神经的东西都要戒。"

"出家人为什么不能有婚姻？"

"这缤纷的世界，无非就是财、色、名、食、睡。你有了婚姻、家庭，就有了儿女情长，就有淫欲、贪欲和物质追求，内心就不可能清静，佛法不可能进入你的心中。所以，入了佛门就必须抛弃这一切。当然，我们不劝所有人都去修净土，但要劝他们孝顺父母，奉事师长，慈心不杀，修心善业，这也是净土法门的内涵。"

"为什么一般寺庙旁都有一个尼姑庵？"

"那是为了互相保护，特别是女宗需要男宗保护。距离叫'一牛之吼'。"

"信佛与迷信有什么区别?"

"佛学是文化科学,博大精深,哲学、伦理学、生命学都是它的内涵。它的宗旨是无我,而不是利己。那种认为在佛前烧一炷香,佛能保佑你,是不懂佛法的真正意义,那就是迷信。"

来炜法师的释疑解惑使我茅塞顿开。以前对佛教了解甚少,以至于有些偏见,往往把它与迷信连在一起。原来宗教传递的信念也有许多正能量,宣扬的大多是真善美。它的许多戒律与我们的生活准则、个人修养、监督规章有异曲同工之处。

中午,我们在寺院里美食了一餐,大锅饭、柴火锅巴、素菜清汤,吃得十分地香。这香也有可能来自于对这一切的好感和彼此的情缘。

餐后,我们与住院的僧人一一告别,一位眉目清秀的女宗对我说:"我读过您的文章,叫《来自南陵的乡愁》,很动人,充满着对南陵人民的感情,我读了几遍。"我一阵惊喜,忙问她是哪儿人,她做了自我介绍。她是南陵人,我在南陵工作时,她在电台工作,那时还年轻。后来削发为僧,佛学院毕业后在广东修行,法号应昭,也刚回文殊院。20世纪90年代改革发展的那些事,她都经历过。现在读起这篇文章,感到历历在目,倍感亲切。我双手合十深深地点头致谢。

在回来的路上,我陷入了沉思。来炜、应昭两位法师原本有着幸福的家庭、优越的生活环境,也有财产,还有一定的社会地位。而她们选择了佛门,追求清静的世界,抛家弃子,只身一人游住四方,为众生而献身。是什么力量使她们迈出这一步?应该是信仰的力量,是一种战胜自我的毅力。我不主张人们都去信教、出家，但是我想，如果我们的社会人人都有一分信仰，社会就会多一分诚信，多一分奉献。如果社会充满着公平、正义的力量，我们的社会就会少一分贪腐、少一分邪恶、少一点不正之风。对个人来说，人生的一切烦恼就会在这种信仰中湮灭。此时，我对这两位"熟人"产生了敬意，便改写了一位僧人的诗句：不解烟波意，谁来驾此舟？心同秋水净，身与白云洁。

2016 年 12 月 28 日

北非游记

非洲大陆广袤而神秘,据说世界各地的人都是从非洲走出来的,不管此言是否准确,但北非的悠久历史和文化,已让我折服。2017 年 6 月 15 日我们结伴而行,到了摩洛哥和突尼斯,这里别具特色的地貌风光、人文历史给我们留下了深刻的记忆。

摩洛哥篇

从芜湖出发,在浦东机场乘阿联酋航空公司的空客 A380 飞机,经迪拜辗转 20 多小时飞至摩洛哥的卡萨布兰卡国际机场。一出机场,充满眼眸的是一派南国风光,绿绿葱葱的景观树丛中耸立着一棵棵高大的棕榈树,棕榈之间一片平房,这就是机场候机楼,门面不大,其实里面却很大,也很豪华。我头脑中对摩洛哥人产生的第一印象是:讲里子不讲究面子。

上了接站的大巴车,导游陈小姐就滔滔不绝地介绍着摩洛哥。摩洛哥是非洲大国之一,有 3500 多万人口,45.9 万平方公里的国土面积(不包括西撒哈拉地区),是北非六个伊斯兰国家之一,濒临大西洋、地中海,与西班牙一峡之隔。摩洛哥是柏柏尔人的发祥地,公元7世纪阿拉伯人进入了摩洛哥,法国人、西班牙人又瓜分过此地。1956年独立,1957年成立摩洛哥王国。2016年摩洛哥国王访问中国,确定了中摩的战略伙伴关系,同年6月摩洛哥对中国人免签。机场所在城市卡萨布兰卡,是摩洛哥最大的城市。在导游的讲解中,我们开始了北非之旅。

红色之都:马拉喀什

出了机场,我们的大巴车在高速路上直奔了3个多小时,到了南方城市马拉喀什。这个城市有着与我们所到城市不一样的颜色,城市的道路路基是褐红色,建筑物都是褐红色,所以被人们称为"红珍珠"。马拉喀什得了"红珍珠"这一现代美名,其实她是一座有1000多年的历史古城,是摩洛哥最早的古都,这里有最美的皇宫,最壮观的清真寺。同时,马拉喀什也是要塞城市,当年古老的商队穿过撒哈拉沙漠,从这里起航,由此,柏柏尔人的语言里,马拉喀什就是"上帝的故乡"。

第二天一早,我们的兴奋战胜了倒时差的疲劳,开始去马拉喀什景点参观。首先到了城中心的杰马夫纳广场,这是非洲最大的自由贸易市场。广场附近,街巷交错,房屋密集,摊位林立。各种皮革制品、工艺品、手工制品琳琅满目。还有舞蛇的印度人,出售香料、茶叶的阿拉伯人,讲故事和算命的摩洛哥人。各种艺人、商人在这里表演,推销商品,热闹非凡。广场旁的高头大马、马车一字排开,等待着游人的到来。始终在舞动着的广场,使马拉喀什充满着无穷的生命力,被称作"不眠广场"。

距不眠广场一里之遥的是库图比亚清真寺。这个清真寺坐落在古城墙旁,雄伟壮观、庄重肃穆,游人不能进入,只能远眺留影。它是北非最优美的清真寺,建于 1026 年,距今有近千年的历史。它又是摩洛哥的柏柏尔人战胜西班牙入侵的纪念塔,它不仅具有宗教的神圣,还是民族气节的象征。清真寺的宣礼塔高大、俊秀、挺拔,所有到马拉喀什的人,都要在这里留个影,它不仅仅是一个景点,更是一个意志的象征。

马拉喀什历史上是穆斯林的王朝所在地,保存完好的巴西亚皇宫见证着它的历史。巴西亚皇宫是摩洛哥四大皇宫之一,千年皇宫之精美令人叹为观止。皇宫的大门并不高大,像一个普通的民宅大院门,而里面确实豪华。皇宫的地、墙及内室都有马赛克装饰,装饰面积达八万平方米,颜色是经典的红、绿、蓝相间。皇宫的设计者精心地设计着每个房间,如国王的妻、妾按地位高低和受宠的程度决定房间的大小,充分表达了封建王朝的等级制度。

马拉喀什参观的最后一站是伊夫圣罗兰私人花园。这位逝去的老先生是法国人,服装设计大师,他当年购买的私人花园今日成了植物博物馆。同伴们都忙着与仙人掌、棕榈树留影照相时,我陷入了沉思:马拉喀什的名片是什么? 是颜色,是历史辉煌,是意识元素的建筑。她的灵魂是自信、包容和气节。

皇权之都:拉巴特

离开马拉喀什,我们驱车去摩洛哥的首都拉巴特。摩洛哥高速公路比我们想象得好,路网流畅,路面平整,路肩简洁,宽阔适用,不到五个小时我们到达了拉巴特。拉巴特是大西洋旁的海滨城市,有古城和新城两部分。新城是 1912 年以后由法国人设计,融合了西方文化。城市道路洁净、美观,楼宇新颖,既有阿拉伯式的简约,又有欧式的庄重,被称为"花园城市"。古城是一个移民城市,最早是一个小渔村,是流放之地,有澳大利亚的城市之影。但与其他城市不同的是,拉巴特是摩洛哥的四大皇城之一,与马拉喀什、非斯、梅克内斯合称四大皇城。这里有哈桑大清真寺遗址,穆罕默德五世纪念堂、王宫及广场。

哈桑大清真寺坐落在王宫的北面,是拉巴特的标志性建筑。哈桑大清真寺原是北非最大的清真寺,建于 1195 年。当年芒苏尔国王要把它建成可容纳数万士兵祈祷、其本人可骑马穿行的大清真寺。1775 年的里斯本大地震使之毁于一旦,现存大石柱312 个,显示了当年雄浑壮美的风采。在这里,我想到了北京的圆明园,其残痕可与其媲美,不过一个是毁于天灾,一个是毁于人祸。

在大清真寺的东侧是穆罕默德五世纪念堂。纪念堂前国王穆罕默德五世的陵墓于 1971 年建成,建筑风格为典型的伊斯兰风格,主体用白色大理石建造,屋顶是金字塔形,用绿色琉璃瓦覆盖。墓室里安放着穆罕默德五世的石棺。我们进入了室内二层,瞻仰这位现任国王的父亲。陵墓的四面大门都有着盛装的卫士站岗,显得庄严肃静。陵墓的左侧建有清真寺的讲经堂。

皇宫是拉巴特的重点景点。皇宫位于新城中心,不对外开放,普通游客只能看外观,使其蒙上一层神秘的面纱。皇宫不大的拱门上刻有阿拉伯文字"带着欢乐而入,带着欢乐而出"。皇宫周围都是守卫的士兵,军服、军帽富有古典色彩。宫前有一个喷水池,喷水时,国王就在皇宫里;不喷水时,国王就在外地行宫。我们去时,喷水池不喷水。皇宫外是广场,广场周围绿树掩映,楼宇林立。穿过广场向里走,可见宽阔的黑色的柏油路,马路对面便是皇宫。皇宫的围墙是乳白带些淡黄色,墙上装饰着绿色琉璃瓦,大小门窗造型均为上尖下方,窗上点缀着阿拉伯风情的花格。拉巴特皇宫是现任国王的宫殿。摩洛哥是一个君主立宪制国家,穆罕默德国王1963年生,是法学博士,也是政体改革的推动者,他主动交出部分王权,积极推进宪政。在他的推动下,摩洛哥通过了民主宪法,实行君主领导下的各党竞争的民主体制,这让我们对这位国王产生了敬意。

浪漫之都:非斯

　　离开拉巴特时,我们顺道参观了伊斯兰古都、皇城梅克内斯,瞻仰了雄伟的古城墙和寓意"胜利、凯旋"的城门,参观了古老的皇家马厩、粮仓库。接着,就直奔浪漫之都非斯。非斯是世界十大浪漫之都之一,著名历史文化名城,有2800年历史,也是四大皇城之首,摩洛哥的第二大城市,有着深厚悠久的文化底蕴,是摩洛哥宗教、文化中心。更使我们兴奋的是,它与中国无锡市是友好城市。

　　非斯古城,是目前世界最大的古城,占地250公顷。古城墙长17公里,城内有900条街道和几万个胡同。古城的城门庄重肃立,城门外侧是"非斯蓝",内侧是色调淡淡的"伊斯兰绿",门内外镶嵌的马赛克花纹，图案几乎一模一样。一个"非斯蓝"，一个"伊斯兰绿"，构成了这座古城最具特色的写真。

进入古城，仿佛穿越到了 1000 多年前的中世纪，人们仍然把毛驴当作交通工具。古城里街道交错密布，40 万穿着阿拉伯服饰的人经营着狭窄的街铺。挂着帘子的店铺到处是传统的手工制品，铜盘、香炉、铜壶、地毯、头巾、服饰、皮革制品等阿拉伯元素商品应有尽有。一进入这小商品的都市，就有控制不住的购买欲，没有人能抵御，我这样吝啬的人也买了一个壶。

在古城里随处可见蜂窝巢皮革染坊。摩洛哥的皮革制品闻名天下，非斯则是摩洛哥的制革业中心。制革的特色是手工制作术，其中一个重要的工序就是染色。我们随着导游上了皮革店的三楼楼顶，每人发一束康乃馨，用香味来改善冲鼻的臭味。从三楼俯视大染缸，染缸像蜂窝一样，摆满了整个院场，每个染缸的颜色都不一样，工人们身穿工装在染缸里手工操作。据说染色是用牛尿和鸽子屎处理原皮，再加入颜色进行染色，所以又臭又脏，我们实在无法忍受，几分钟就退出来了。出来后，看到商店挂满的各种箱包，也无心去过问。但仔细一想，那里操作的工人们承受的气味比我们多多少倍啊。世界上最美的东西，付出的劳动也是最大的，这大概也是一个哲理。

非斯古城的浪漫不仅体现在它古老的商业，更体现在那古老的文化。古城里有许多美丽的宫殿和几百个大小清真寺。城内的卡拉维因大学建于公元 859 年，被誉为世界上第一所大学，其图书馆早在中世纪已负盛名，收藏着彩色画面的《古兰经》及大量手抄本、古籍，被称为"学术首都"。大学所属的清真寺，历史上曾是北非最大的清真寺,现在保存完好。整座建筑由270根廊柱支撑,用大理石、石灰、石膏、鸡蛋清为原料制作而成,规模宏大,可容两万教徒祈祷。阿纳尼耶和阿塔林伊斯兰高等学校均建于14世纪,是非斯最美丽的校园。这些学校建筑的华丽及装修的精美,超出当时一般建筑水准。从地面到房顶,大理石、陶瓷琅片、石膏和雪松木雕、玻璃瓦浑然一体。我们感到了它历史的深厚和建筑之美。

非斯留给我们的时间太短,还没有阅尽其美,我们就踏上了去卡萨布兰卡之路。

经济之都:卡萨布兰卡

卡萨布兰卡因一部同名电影而闻名,电影中为反纳粹,在卡萨布兰卡演绎了一场动人的爱情故事,使得卡萨城变得十分神秘。其实卡萨布兰卡是摩洛哥最大港口城市,经济重镇。城市濒大西洋而建,港口城市融入欧洲的文化,使得城市很美。卡萨布兰卡的中文意思是"白色的房子",恰恰这个城市的建筑都是白色的。我们住的宾馆是市中心最高的白色大楼,从窗台上远远望去,满城的白显示出城市的高贵。

大城市都有大城市的病,高架桥上、十字路口全在堵车。不过,在我的印象中,堵车就是经济繁荣的表现,所以我从不谴责它。我们经过一个小时的慢行,终于到了大家憋了几天时间想去的地方——购物中心,叫卡萨布兰卡贸,这里世界大牌应有尽有。贸很大很现代,走廊里有与迪拜贸一样的大水族馆,激发着人们的购物欲,不到半小时,女同伴们全消费了。

卡萨布兰卡的标志性建筑是哈桑二世清真寺。它是世界第三大清真寺，是水上的现代宏伟之作，是一座令人惊叹的精美、壮观建筑。清真寺建在海边上，高大雄伟，它把伊斯兰建筑中特有的马赛克和各种繁复的雕花完美展现。我们被它征服，每个人都留下珍贵照片。

卡萨布兰卡的心脏是穆罕默德五世广场。这里集中了大量法国殖民时期的建筑，简单而低调，政府、法院、警察局都在此落脚。我们没有时间停留，乘车路过时，看到了蓝天下的白色建筑，成群的鸽子和三三两两的行人，组成了一道让人难以忘怀的风景线。在我陶醉于广场风景时，一辆红色的有轨电车飞驰而过，这很长很简约的红色电车，在"白色迷城"里穿行，使人心旷神怡。

摩洛哥的旅程结束了，留下深刻印象的，除了皇城的美、马拉喀什的红、非斯的蓝、梅克内斯的黑、巴拉特和卡萨布兰卡的白，除了民风的淳朴、历史文化的厚重，就是我们的司机玛旺。6月正值斋月，他三天来，从早上 3 点到晚上 7 点，不吃饭、不喝水，虔诚地坚守斋月，认真地为我们服务。搬箱子、扛行李、开车子，从未表现出疲倦，始终用微笑面对大家，大家深受感动。我给他拍了一张驾驶时工作的照片，传到群里，加上了这样一句话："我们可能物质上比他富有，但他的精神财富可能比我们更强大。"

突尼斯篇

6月20日中午,乘上突尼斯航空公司的飞机,经过两个多小时的飞行就到了突尼斯城。突尼斯处于地中海中央,非洲最北瑞。它国土不大,人口刚过千万,但它是世界少有的集海滩、沙漠、山林和古文明于一体的国度。它是北非六个阿拉伯国家之一,但它兼容着西方文明,难怪人们都说突尼斯是悠久文明和多元文化融合之地。

人们形容突尼斯是一半海水,一半火焰。在她1300公里的海岸线上,许多美丽的小岛与意大利的西西里岛隔海相望,她的美可以与希腊的小岛比肩。她的南部是通往撒哈拉沙漠的要塞门户,沙漠之美与埃及有一比。在地导的安排下,我们绕突尼斯一周环游,阅尽了突尼斯的风光。那伊斯兰圣地清真寺、那古城已激发不了我们的激情,而那海滩、沙漠、绿洲、民俗、多彩的文化给我们留下了难忘的记忆。

享受海水、火焰之美

到突尼斯的第一站是海滨城市哈马马特。这是突尼斯最大的旅游胜地,白色的沙滩旁有豪华的度假宾馆、游泳池、浴场。海湾里有无数艘漂亮的高桅杆白色游艇,欧美的白人们在这里尽情地沐浴着海风和阳光。我站在海岸上,欣赏着地中海之美。天气晴朗,万里无云,海天一色。再仔细观看,平静的海水由近及远、由浅及深,颜色不断变化,淡蓝、浅蓝、蔚蓝、深蓝、湛蓝,几十种蓝绘成了海天图画。在这美景中,女士们用彩色打扮自己,男士们也摆出各种姿势,腾空的、舞动的,尽情地拍照。当即我写下了一首《如梦令·留影》:"海面碧波琼玉,海岸轻衣丝雨。忽见白浪起,烟絮大漠洲绿。咔嚓、咔嚓,宛如神男仙女。"

傍晚,我们散步在海滨大道上。高大挺拔的椰枣树像站岗的士兵,威武肃立,整齐排列,一望无际,夹道欢迎着游客。大道的灯光在微风中闪烁,像光舞,在为客人歌唱。现代化的新城区掩蔽在柠檬树中,显得十分安静,充满着温情和生机。我们深深地吸吮着海风的甜味,陶醉在地中海的美丽之中。

离开了海水,我们到了撒哈拉沙漠的门户杜兹,追寻着火焰之美。我们乘坐 4 辆吉普车,深入岩漠峡谷。在米德峡谷,首先看到的是半山中喷出了一股清泉,形成了瀑布,瀑布的下面就是绿洲,名字叫歇比卡;再往前,绿洲越来越大,那就是世界著名的托泽尔绿洲,中心区的椰枣林就有 2000 多公顷、20 万株——椰枣是突尼斯的第一大农产业,产品销往世界各地。看来,绿洲都是沙漠用自己的水分喂养而成。

沙漠的门户往往都是高山岩漠,岩漠后就是峡谷。米德峡谷气势浩大,有万丈深渊,有陡墙峭壁,与美国的黄石公园极其相似。穿过峡谷后,就进入了一望无际的沙漠。沙漠的美给人以粗犷和博大的感观。流沙形成的一个个沙丘酷似各种动物形象。大家爬上沙丘,张臂远眺,拍下的照片上就是沙峰上的一点红、一点白;在平原的沙地上,男士们飞跳起来,留下的就是天际飞翔的照片;有的骑上了单峰骆驼,留下的就是沙峰驼影的美景。这里有美国大片《星球大战》的实景拍摄地,有英国名片

《英国病人》的取景地,这些给我们留下无限的美感和想象的空间。

这一半海水、一半火焰让我们享受着无限的美。

柏柏尔人探秘

柏柏尔人是西北非最古老的民族。它的文化总是与沙漠、骆驼联系在一起。它与其他游牧民族一样,曾经强大,建立过几十个王朝。但它只流传语言,而无文字传承,最终被农耕文化同化。在摩洛哥,柏柏尔人占三分之一以上,但我们并没有去领略他们习俗的风采。在突尼斯,我们去柏柏尔人的古民居探秘。

突尼斯南部的马特马他,是柏柏尔人居住的小村庄,这个小村庄有2000人居住,而他们住的是地下洞穴。所以,这里被称为"洞穴之都"。从外观看马特马他是一片山岩奇观,碣石裸露,沟壑纵横。而地下却是另一番景象,一个个民居在地平面以下。我们参观了一个民居。

从地面上看这个民居是从地面开凿的一个非常大的坑,坑的侧面再横向挖人工洞穴作为房间,中间是庭院,旁边一个斜坡通道通向洞穴。我们从通道进入洞穴,第一个洞就是客厅,有彩色的地毯、坐毯,装饰也算豪华。接着就是主卧、次卧、厨房、杂物间,也算得上三室一厅一卫了。主人是一位穆斯林老太太,她热情倒水,微笑着招呼,使我们感到十分亲近。同行的女同志兴奋起来了,穿起了老太太晾晒的衣衫,裹着头巾,也像柏柏尔人,抱着老太太亲吻,十分和谐、亲热。

我喜欢刨根问底,柏柏尔原居民为什么要住地下呢?原来这是柏柏尔人的聪明智慧。马特马他在撒哈拉沙漠边缘,终年干旱酷热,而柏柏尔人的地下村庄则环境安静,空气清新。住在这里,一年四季凉爽舒服,不受风沙干扰。我想到了我国陕北的窑洞,那也确是黄土高坡人的智慧。

这儿的居民大部分已迁入现代化楼房,但洞穴还修缮一新地保留着,吸引着世界各地的游人。有的成了摄影地,大片《星球大战》曾在此拍摄;有的办成了小饭馆,人们可以在这里品尝烤肉、麦粉团等突尼斯菜。古民居不仅养育着世代柏柏尔人,还为现代经济创造着价值。

这儿的历史告诉我们,历史上柏柏尔人是一个强大的民族,史前曾建立过 22 个王朝。但阿拉伯人进入以后,柏柏尔人逐渐被同化。目前,北非尚有 1400 万柏柏尔人,许多人维系它传统的文化,保持着父系大家族制,族长对家族中的产品分配、婚姻、对外交涉等一切重大问题有绝对权威。它与穆斯林不同的是实行一夫一妻制,妇女地位较高,出门不戴面纱,行动较为自由。难怪北非许多人都是欧洲人与柏柏尔人混血的后裔。

多彩的突尼斯城

到突尼斯之前,人们对她的认识很少,感觉她只是一个靠地中海的非洲小国。但走完突尼斯以后,发现她是一个伟大的国家。她的伟大在于她的历史悠久,在于她的美丽和多彩。她的多彩,不仅是集海岸、山林、岩壁、沙漠、绿洲于一体的地貌之美,还表现在那深厚和融合的文化。这里是东西合璧之都,古今相济之地。我们沿着她的遗址和现代建筑,浏览着她的多彩。

我们参观的斗兽场是世界上保存最好的竞技场。刚走近斗兽场，感觉仿佛到了罗马，走进后才知比罗马的斗兽场保护得还要完整。突尼斯的斗兽场气势宏伟，建筑庞大，功能齐全，可容纳3万多人，在2000多年前可算伟大工程。虽然斗兽场是为了满足统治者血腥的嗜好，但它的建筑艺术不得不令人佩服。竞技场内的斗兽和斗士的通道清晰可见。一只斗兽被关在一个门洞里，斗士一般都是奴隶和囚犯，十几人关在一起，与野兽面对面，斗兽饿了三天，怒视斗士，凶残无比。斗士们面对野兽，研究斗法。最后总是勇者生、弱者亡。

与褐色的斗兽场相比，苏斯港口又是另一种色彩。海滨的游艇、豪华宾馆、咖啡屋构成了彩色的度假胜地。这不仅是色彩，也是一种开放文化。欧洲人的游艇停在这儿，用白色装扮着蓝色的海岸。

突尼斯的多彩还表现在她文化的多元和历史的深厚。早在公元前1000多年，迦太基人进入非洲大陆后，建立的王朝在公元前9世纪，势力范围达到地中海的东、南、西岸。在三次布诺战争后，罗马人的焦土政策使其消失。但迦太基人建立的迦太基城雄伟壮观，考古发现，迦太基城当年就居住有50万人之多，遗址中留下无数的历史古迹。罗马帝国占领后在遗址上建的歌舞厅、浴场至今还宏伟可观。

突尼斯的多彩更多地体现在东西合璧的文化。以第一任总统命名的布尔吉巴大街酷似巴黎的香榭丽舍大道，凯旋门规模酷似巴黎的凯旋门，大街上欧式建筑比比皆是。在这个伊斯兰国度里，天主教堂耸立在市中心，宏伟壮观，展现了突尼斯的包容文化。

突尼斯的多彩之美还表现在她的蓝色小镇。小镇的所有建筑都是蓝窗白屋，像一颗颗珍珠镶嵌在地中海岸边，与意大利的西西里岛隔海相望，彰显了北非的色彩之美。这里是摄影家、画家常驻的地方。在小镇的咖啡店里，我们沐浴着海风的清爽，品尝了薄荷茶的清凉。

6月25日，我们离开了突尼斯，在兴致未尽之际，我在"我爱突尼斯"的城市标牌下拍照，留下永恒的记忆。

2017年6月

让黄昏绽放朝霞

退休生活是我们国家进入老年社会要研究的重大课题。我的退休生活让我体会到：良好的心态，是退休后做人行事的重要前提。有了阳光的心态，在家庭中就能做称职的长辈，在社会上就能做受敬的长者。一个人的工作可以退休，但做人的本色、行事的风格和为社会服务的精神永远不会退休。所以，我用这样一首诗表达我的退休心态：日在西山苦挣扎，只为灿烂一刹那。流连忘返去意懒，是因黄昏恋朝霞。

（一）

我们在领导岗位的时候，精力全放在工作中，对家庭、对亲人都有亏欠，没有尽到应尽的职责。退休了，应该加倍地补偿。我退休后，爱人也从安徽机电职业学院的领导岗位上退下来，她谢绝了企业和民营高校的聘请，我们共同补偿对家庭的亏欠，一道承担起家庭后勤和子孙的教育培养工作。

过去工作忙，帮助不了孩子。儿子成家后，自起炉灶，独立生活。孙女从出生到上幼儿园都是亲家和亲戚去照料，我们顾及不上。退休了，我们把孩子们叫回来吃饭，孙女也住到我们家里来。为了孙女上学，我们又搬了一次家，住到学校旁边的小区，便于接送。这样，让儿媳有更多的精力和时间去工作。

在孩子的教育中，我认为最主要的是家风的培养和教育。我们对孙女，重点培养勤俭、勤奋、涵养、自律的品质。在她小学四年级以前，每天晚上睡觉前，我都要给她读一两篇文章，有励志的、有修养的、有哲理的。特别是我将《人生九常》中的360篇文章基本读完，重点讲如何做人、待人、容人，如何做事、容事，从小就给孙女灌输正确的人生观和价值观。我们还带她去旅游，在行为处事中言传身教，提升她的个人修养。孙女从小就受到正面思想的影响，在学校表现十分优秀，品学兼优，多次被评为市"三好学生""美德少年"和"十佳少年"。

对孙女的培养，还要让其掌握正确的学习方法。从她上学的第一天，我们就要求她珍惜课堂45分钟，一分钟都不能浪费，思维要始终跟着老师走，听懂每个知识点，课后认真完成作业。让她懂得，课堂不听讲，课后再努力，都是事倍功半。她掌握了科学的学习方法，学习成绩一直很好。从小学到初中，成绩一直名列前茅，十分优秀。同时，她积极参加学校活动，担任班长、大队长等班级职务，为同学服务，当老师的助手。看到孙辈的成长，我们很欣慰，感到尽到了长辈应尽的责任。

（二）

我长期从事经济工作,在企业界有一定的影响。退休了,影响力还存在,还可以继续为社会做工作、做贡献。经省委组织部批准,市委让我兼任市企业联合会的会长。我认真地把握"桥梁"和"服务"的原则,用这个平台为芜湖的社会和经济发展发挥作用。在企联的各项活动中,我们把"党委、政府满意不满意,社会认可不认可,企业欢迎不欢迎"作为工作标准,符合这个标准的就做,不符合的就不做。活动任务和形式就是当"桥梁"、搞服务,当好政府与企业之间的"桥梁",为企业服务。在这种思想指导下,我们组织了很多活动,如组织企业家大会、年会,请书记和市长分别做报告,把市委、市政府的经济工作部署直接传递给企业;组织政策信息发布会,让政府部门把最新的政策和申报方法直接宣贯给企业;组织论坛和产品、技术推介会,让企业家及时吸收最前沿的技术信息;开展企业年度业绩排序,通过榜单评价业绩,促进企业争先进位;开展产业调研活动,反映企业诉求,报告企业需要政府解决的问题;组织企业向社会发布企业社会责任报告,将企业的经营业绩、守法诚信情况向社会发布,接受社会监督;组织企业家沙龙,让市长及各部门负责人与企业家面对面交流,协调解决企业遇到的各类问题和困难;为了增强企业家的社会责任意识,倡导成立了"牵手基金会",用企业家捐赠的资金,扶助家庭困难的优秀学子完成学业,奖励品学兼优的学生,等等。

这些工作，每年如期举行，已形成制度化、常态化，也成了企联的职能性工作。省企联把芜湖的做法向全省企联推广，省内外几十个城市来芜湖学习。特别是企联按中央有关文件精神换届转型，芜湖探索了一套切合实际的方法，成功运行，从省企联到各市企联都按芜湖的模式进行。由于企联成效显著，市委主要领导多次给予企联高度评价，认为企业联合会为芜湖经济和社会发展做了许多有益的工作，为芜湖的经济发展做出了贡献，还表扬企联工作方法科学，既积极作为，又把握好了度。

在企联工作中，我还注重调动两个积极性：一是企业家的积极性，使其在受益中感到企联是企业之家，诉求之门；二是老同志的积极性，让市里原管经济工作的老同志以咨询员的身份，参与企联的工作，在这个平台上释放他们关心社会、关心经济发展的正能量。同时，老同志在活动中，获得的信息与现任领导是对称的，从而理解和支持现任领导的工作。

我在企联虽不坐班工作，但都是全身心地投入工作，用尽了个人的智慧、能力。我对秘书处要求很严，按照党政机关一样管理，这样保持了企联的社会公益性，得到了企业家的支持和尊重。

（三）

退休后，我仍然保持学习的习惯，每天保证一定的阅读时间。读书读报，学习主席讲话，学中央的方针政策，学时事政治，学新的知识，了解各类信息。学习时，我还做了学习笔记。在学习过程中，我联系自己的工作经历和人生历程、感悟思考，写心得、体会、感悟文章。例如，在 2008 年金融危机时，中央领导提出"信心比黄金还重要"，我觉得很有道理，我联系改革开放 30 年来经济发展的轨迹，写了篇《阳光总在风雨后》，简述了兴衰、平衡、祸福相依的关系，提出经济危机之后必然是兴起时期，激发企业家的信心。在看到有些执权者和执业者盲目膨胀、扩张时，我写了《知进须知止》，指出万事万物都有一个度，超越这个度，就会走向反面。这些哲理性观点得到更多人的认同。

几年来，我共写了各类小品文、散文、诗赋 100 多篇，20 多万字。2014 年，出版社出版了我的第一部散文集《成光散文集》，由于老领导金庭柏同志的序言写得好，加上他的社会影响力，提升了书的身价，书出版发行后社会反响较好，书中感悟性文章中的观点得到许多人的认可，网络上有许多赞同的文字。特别是德高望重的黄连庄老同志，年近 90 岁，看完了全部文章后告知我，文中许多观点他也感同身受，认为对年轻干部和企业家有指导意义，同时指出了几篇文章的不足。这对我的鼓舞很大，给了我动力去坚持写作。至今我又写好了几十篇文章，结集为这部《成光诗文集》。

在写作的同时，我还做一些专题性研讨。国外学者写的《蓝海战略》，是一部战略论著，我读过以后，结合工作经历和自己的体会，写成解读性文章，在企业家专题研讨会上做主题讲座，受到了好评。芜湖电视台把我的专题讲座分五个专题进行播放。同时，我还在市委党校、行业协会、大型企业做讲座，效果尚好。在企联的各项活动中，我总是把先学一步的新知识，特别是新技术、新经济理论与大家分享。

10年来,我坚持为《企业家》杂志写卷首语,努力为企业家增加一点精神食粮,努力从自己一生或成功或失败的工作经历中,总结经验教训,写成文字,与企业家和同人共享。

(四)

党员干部的工作退休了,但党员没有退休,党员的标准没有降低。在各种社会活动中,必须严格执行党的各项规定,维护党的领导和权威。自律不止,做合格党员。

我长期分管经济工作,有一定的影响力。刚退下来时,有的企业想聘用我,用我的影响力为他们办事,我一律谢绝。有一次,一个招商来的外地企业,请我和另外一位老同志吃饭,饭前颁发聘书,我们当场谢绝,退回聘书,但承诺企业如有问题、有困难,需要我们帮助的,我们一定全力帮助,但一定是无偿的、尽义务的。这个企业领导很理解,收回了聘书。此后,这个企业遇到一些需要牵线搭桥的事,我们都积极地服务,较好地处理了"亲"与"清"的关系。

此前从省到各市县,企联的会长都是同级领导兼任,都按惯例拿一点补贴报酬。我一开始就认为,领导干部是用影响力工作,不应拿报酬,我坚持不拿补贴报酬。当时,有些好心的同志不理解,后来中央文件明确后,大家豁然觉得我的坚持是正确的。兼任企联会长满两届时,市领导找不到合适接任人选,想让我再干一段时间,但我坚持按中央文件规定办,按时换届。我认为,让企业家担任会长,是让企联实至名归。2016年初,企联成功换届,奇瑞公司董事长尹同跃同志担任了会长,使企联成功转型。为使工作有连续性,我作为一名义工,继续在秘书处帮助他们工作。这个运行模式被全省采纳。

刚从政府转岗时,市委就决定让我兼任核电项目领导组组长,成立办公室,财政列专项经费,抽调专人做项目协调工作。我根据项目进展情况,不铺大摊子,只从发改委聘了一名退休科长做专职工作,而且经费管理授权发改委主任一支笔审批,尽量少花钱或不花钱。有了这个指导思想,每年的预算经费大部分结余,但事业并没有耽误,芜湖项目在同类项目中是最快最好的。我退休后,相关公司认为我收入少了,向市里汇报,要给我补贴,如果市里不出,他们公司出。市里同意了。但我坚决不拿补贴。后来,中央文件规定不给拿补贴了,大家都认为我做的是正确的。后来根据"十三五"规划,内陆核电不安排开工,我认为核电项目领导小组及办公室没有设立时的特殊性、紧迫性和必要性了,主动报告市委、市政府,撤销了这个临时机构,主动撤掉了被人羡慕的独立摊子,得到市主要领导的赞同。

企联经常组织企业家旅游,大家都喜欢我与他们一道去。我把握一个重要原则,就是费用我自理,不让任何人为我分担。每次出去,都是我爱人最早到旅行社交钱、开好发票,使大家感到我只是一个自费旅游的同伴,而不是让大家出钱的领导者。

我深深地体会到:工作退休了,做人的准则不能退;担子没有了,为社会做奉献的义务还存在;政治活动少了,但政治品格不能丢。

2017 年 7 月 6 日

秋到霭里

　　节日假期，我与球友、同事们驱车到霭里。沿着318国道过烟墩，拐进乡道几公里，就看到了异样的风光。

　　车窗之外，满眼青绿，山也是，林也是，水也是。那远处的山峰有节制地起伏着，山脚下是一幢幢白墙红瓦的农舍，像红宝石镶嵌在绿宝石之中，一幅多美的图画啊！这就是霭里。我闭上眼睛，深呼吸，空气中满是香甜。睁开眼睛，通透舒阔，几朵白云静静地飘浮在上空，仿佛在等待着客人的到来。小溪里顺水而下的落叶，仿佛告诉我，这是秋的光景。我立即感悟到，"秋高气爽"这个古老的成语，到了霭里，才算找到真正属于它的疆土。

　　我们从崭新的沥青道路往村里走，村口的广场上，一群老年人正在运动器材上荡悠，享受着田园慢生活。旁边的果树下，一个农人在静静地看着垂枝欲落的红通通的柿子。他那神态，仿佛这果实不是长成熟的，而是农人看成熟的，显得那样自信。村里人介绍，霭里村近5000亩耕地都由合作社或大公司耕种，农户按股分红或收租金。近3万亩山场全部封山育林,村里的中青年大部分都在外务工,中老年人都有社保,生活是很悠闲的。过去那种"秋忙,秋忙,秀女也出闺房"的现象已不存在了。

村子的中央,一边是五个大小不一的粮仓,每个粮仓上贴一个大大的"丰"字,表示五谷丰登;另一边,竹架上摆着几十个大簸箕,簸箕里整齐地晒着红辣椒,一串串红辣椒组成一道道曲线,展示着秋收。而这红让人感受到热烈和喜乐,联想到富足和丰饶。前方是"庆祝农民丰收节"的标牌。据说,前不久在这里举办了第一个农民丰收节的庆典活动,庆典的规模和创意在全国都是比较好的。听到这儿,我向乡镇的年轻人投去了敬佩的目光,他们的敏锐、智慧和捕捉灵感的能力是超越前人的。这时,我把当年在县里工作的老同事拉到"五谷丰登"的粮仓前留个影,以做纪念——因为"五谷丰登"是我们当年的最大心愿。

在当地最大的自然村,装饰极美的三层楼农舍上,又出现了"霭里人家"的大招牌。向导介绍,这是霭里人的创意,把霭里打造成美丽乡村,不是搞商业创意,而是把美丽乡村回归农民。所有的农家乐,都统一叫"霭里人家",不做任何其他商业广告。目前,全村有"霭里人家"农家乐36家。"霭里人家"可以住宿、休闲,可以吃土菜、品野味,线上线下都可以预定。几个大学老师和医生正在"霭里人家"门前打掼蛋、下棋、品茶。我非常赞成霭里人的理念,美丽乡村是为农民服务的,不是商人的炒作挣钱之地。

霭里的溪水到了山脚下突然宽大起来。站在古桥上,欣赏着浣衣女一下一下有节奏的棒槌声,我有身临桃花源之感,便想到了希尔顿笔下的香格里拉,这里就是现实中的香格里拉。溪水旁有一个"方池",一个圆形的古井,涌流不断,据说是地下泉水,被当地人称为圣池,井里的水流向旁边的方池。方池清澈见底,过去是村民的洗刷池,现在有了自来水,方池也被保护起来了。方池的水流向东方,一眼望不到头。这儿有许多美丽的传说,但有一个现实史料是可以相信的。溪水的尽头是白果树自然村,其被称为"状元村",村里虽只有十几户人家,但出了许多名人雅士。明代举人汪景生于此,他培养的两个儿子均为县令,两个孙子俱为进士。现在村里还有 6 人在复旦、厦大等著名大学当教授。一方水土养一方人,霭里的灵气哺育着霭里人特有的气质,铸就着霭里人纯朴、规矩、聪慧和上进的品格。

到了霭里必去小格里。小格里是霭里的自然生态保护区,五个梯形相连的湖被人们称为霭里的"五大连池",也被誉为皖南的九寨沟。湖的周边群峰环绕,青葱翠绿,方圆 24 平方公里有 99 座山峰,高低不一,错落有致。山峰之间烟雾缭绕,的确有人间仙境之感。我们首先到了第一个湖,也是最大的湖。湖面如镜,山峰丛林、蓝天白云,倒影其中,仿佛在湖面下有另一个仙境,美得让人沉醉。我们沿着山湖之间的小路往上走,到了第二个湖,这是最小的湖,颜色特殊,好像是绿黑色,但捧起水来,清净无比。内行人介绍,这是因为水深,山影映衬,颜色就显得深沉。再往上走,就到了第三个湖,水面与岸边没有落差,接近平面。这时,那边有一个红色的皮划艇在划动。在这青绿的世界里,一点游动的红,分外美丽。我们都在呼喊着它过来,给它拍照。原来他们是芜湖来的一家五口人,妻子带着最小的孩子在湖边搭起的帐篷里向湖里投去欣赏的眼光,丈夫带着两个大一点的孩子穿着红色防护服在充气的皮艇里划游,享受大自然的美。橡皮划子拨弄一下水,湖面就泛一片水波,整个湖面都是秋波粼粼。这一阵阵秋波立即使人感悟到:这是大自然对人的眷恋,也是人对大自然的爱恋。

就在这时,有人提了一个问题:"五个湖哪个最高?"按常理,应是第五个湖最高,但仔细一观察,却是第三个湖最高,在山谷顶端,第四、第五个湖向另一个方向递减下去。这时,一位20世纪70年代在这里担任过公社书记的老同志,给我们讲述了小格里的前世今生。20世纪50年代末,政府想在这里修一个水库,但山体太陡,落差大,建不起来。后来就想了一个办法,顺着山势在山谷顶端建一个水库,再向北边分级做坝,建了两个小库,南边也分级建两个小库,这样就变了五个大小不一的小水库,库库都有分水闸、溢洪道。流向北边的水库灌溉着600亩水田,南边的就流向了白果树村。水利问题解决了,但山上还住着18户人家,他们以伐木烧炭为生,对森林破坏很大。20世纪70年代,政府动员他们搬到山下,安置到霭里的各自然村。从此,小格里封山育林,就成了今天的次原始森林。他这一介绍,仿佛给我们上了一堂生态保护课。大自然创造了人类,人类也可以创造自然。小格里的美,与这里人的心灵美是分不开的。

下山后,我回望小格里的山,群峰云遮雾绕,枫叶红黄,色彩绚丽;山脚下的水杉高大挺拔,但已有零星落叶飞下,凸显着强烈的秋意。再居高临下地回望霭里的村落,被笼罩在薄雾之中,如诗如画。我想起了李白的诗句:"桃花流水窅然去,别有天地非人间。"今虽秋日,但仍觉得是身处人间仙境之中。

霭里的秋美,在眼前,也在心中。

2018 年 10 月 12 日

新视角

成熟源于磨砺

有一位年轻人，一夜之间就变得成熟起来。之前，他家庭富有，全身名牌，自视甚高，无所事事。突然，家人卷入了牢狱之灾，他遇到了巨大的打击，精神和生活的磨难使他懂得了珍惜，懂得了谋生。他用留学学到的外语资本，同他人开起了小公司，他谦虚做人，低头做事，参与竞争，踏实服务。结果，他成功了，成了一个自食其力的创业者，事业如日中天，口碑日隆。

这个小故事说明了一个道理：困难、灾难、痛苦往往是一种动力，能使人和事物发生革命性的变化，走向更好的方向，迈上更高的阶段，这就叫负力量革命。

日本福岛核电事故使中国人谈"核"色变，但又使业内人士觉醒，把安全放到一切技术要素的最高点，创造了我国特有的三代技术，其安全性高于二代近百倍，其技术路线可与核能大国美国、法国媲美。

日本核电事故警示了中国人，使我国的核电生产更加成熟。核电已成为产能输出的重点项目，英国、罗马尼亚等国家的核电项目都由中国人制造,这不能不说是国人的骄傲。

一个德国的飞行员,由于精神上的问题,用撞山的方式自杀,导致几百位乘客与其一道身亡。这个事故启发了飞机制造商,现在有了新的技术,驾驶员想撞山也操作不起来,设备使你无能为力,确保了飞行安全。事故一个月后更安全的技术就成熟起来了,这不得不承认是事故做出的"贡献"。

1952年12月,英国伦敦的雾霾使4000多人死亡,接着又有约8000人死亡。灾害迫使英国走上后工业化道路,使英国的大地成了大农村,拥有美丽的山水。试想,如果没有事故,这第一个进行工业革命的国家可能还要被雾霾笼罩下去。

所以,困难和灾难并不可怕,它们可能就是推动我们前进的动力。

目前,企业家们倍感压力,有的灰心,有的丧气,有的埋怨。我觉得,如果换一种思维方式,心态就可能调整过来,去谋求新的出路,寻找新的产业。请相信一条规律:每次经济危机都伴随着一次技术革命和产业革命。这次经济下行压力,给你带来的不仅是产业的成熟,更会给你增添化解危机的能力。不害怕困难,是企业家应有的毅力和勇气。要懂得,困难可以锻炼你的毅力,曲折可以使你成熟,灾害可以给你动力。当你成功的时候,你将会总结出一条哲理:磨砺造就成熟,成熟源于磨砺!

2015年2月

做天上的光，地上的盐

一个真实的故事，深深地打动了我。

有一位学者，是治疗癌症的学术权威，在世界上有公认的地位。在记者采访问他将来的志向时，他说：做天上的光，地上的盐。做天上的光，温暖人们，即使是蜡烛，燃烧自己，也要用光照亮民众；做地上的盐，就是溶化了自己，也要给社会增加一点味道。

在他被卷入竞选，记者问他为什么要弃学从政时，他说：做一个牧羊人，爱护羊群的每一只羊。政务官就是公仆，公仆就是为大众服务。当记者问他如何为人民服务时，他说：主要是公共服务，但重要的是拥抱贫苦人，拥抱心存障碍的人，拥抱在监狱的人，为他们贡献自己的心力。

当记者问他怎样对待攻击、中伤他的人，他说：我为他祈祷，让他早点明白事实真相；他转变了认识，我还是为他祈祷，让他明白对自己言行负责任的道理。

这是多么纯净的心境、多么高尚的情操！他无党无派，只是一个拥有虔诚的信仰，信仰对一个人灵魂的塑造是多么重要啊！

当今很多国人，对信仰失去了忠贞，看到这位学者的言行，难道不惭愧吗？人们应该认识到，信仰能净化人的灵魂，信仰能规范人的言行，信仰能激发人的励志精神。信仰共产主义的人就应该忠诚于马克思主义和《共产党宣言》，追求没有阶级、没有压迫、没有剥削的人人平等的自由社会。为了实现这个梦想，舍己为人，先人后己，严于律己，用这种价值观建立严格的制度、严肃的纪律，以此约束人们的行为。评判人的标准不是"好人、坏人，抓到钱就是能人"，而是具体行为是不是利于他人。共产党人如果脱离群众，追名逐利，损人利己，当官做老爷，就失去了共产党员的基本信仰。

　　信仰宗教的人，就应该忠于教义、教旨，做个虔诚的人。佛教的基点是普度众生，让所有人脱离苦海，自己立地成佛。它追求的是一种先人后己的奉献精神，而不是求保佑、求发财、求升官的利己主义。佛教有戒色、戒酒、戒怒、戒狂言等"五戒"规则，基督教、犹太教等都有内容大致相同的"十戒"规则，由此约束人的行为。

　　没有信仰的社会，必然是一个混乱的社会，必然是一个没有是非标准、没有公平和正义的社会。没有信仰的政治家就是政客，没有信仰的企业家就是奸商，没有信仰的民众就是"盲民"。我们的社会已取得极大进步，而林林总总的现实，让我们呼吁人人都要有一点信仰，像那位学者一样，"做天上的光，地上的盐"，给社会多一点温暖，多一点味道，有了这些，我们的"中国梦"何愁不实现？来吧，行动起来，确立自己的信仰！

2016 年 11 月

不仅要做廉吏，更要做清官

何谓廉吏？司马迁的《史记》里有《循吏列传》，记载了许多廉洁自律的人物，他们循理守法，循规蹈矩，不越雷池一步，称循吏；他们非分之物一概不取，两袖清风，洁身自好，称廉吏。

何谓清官？清官首先是廉吏，而廉吏不一定是清官。清官还要有勤政的工作态度，要有造福于民的业绩；要有敢于担当，舍己忘身的精神；要有闻善言则喜，斥谗言远离，言路自通的清明品格；要有办事公道，选能用贤，敢于纠错的勇气；要有该断则断，速办速决的魄力。李葆华来安徽任省委书记时，平反昭雪，大胆改革，举贤用才，百姓都称他为"李青天"，他是个清官。

廉吏好为，清官难当。历史上许多背了美名的高士廉吏，实际都有自私的自我保护心理，称不上清官、好官。范蠡辅佐越王勾践灭吴以后，便携西施泛五湖，烟雨忘归。越国两次大战之后，满目疮痍，百废待兴，他却自得其乐。他虽视珠玉如草芥，但本质是避"功高盖主"之嫌，自我保护。严子陵笑傲河山，逃隐富春江，垂钓高韬。他虽然保持了个人气节，但还是置百姓于不顾。陶渊明耻县吏而不为,采菊东篱下,悠然见南山。他虽然有不为五斗米折腰的傲骨,但其实还是嫌官职太小,不愿做不为百姓办事的闲官。

时下,反腐风暴越刮越紧,苍蝇、老虎纷纷倒下;"八项规定"紧箍了"四风",社风、民风、官风普遍好转。但另一种风气又侵害了一些干部的肌体,他们只想做廉吏,而不做清官。事不关己,高高挂起;遇事推诿,不敢担当,多一事不如少一事;凡是有争议的事不敢研究,凡是有反对声音的不敢决策,造成这个项目被废,那个项目搁置;干部不敢提,人事不敢定,宁可浪费指数,也不做得罪人的事;企业的饭不吃,企业的人不见,保持距离,以示避嫌。凡此种种,都是自我保护的利己主义。即便是廉官,也不是好官。胡耀邦同志早在 20 世纪 80 年代就说过:"两袖清风的干部不一定是好干部。"

反腐倡廉,不仅是要让领导干部洁身自好、循规蹈矩,而且要在清廉的环境下大有作为,造福一方。领导干部首先要廉,廉而生威,形成气场力量,带领社会创造财富,创造文明。只有既清廉又敢于作为的干部,才能称之为清官。

斯人未能忘国忧,叶尽余丝心始安。

2015 年 5 月

法治需革除拜权文化心态

一位德高望重的老领导对我说过这样一句话："退休以后最大的感觉就是人家不怕你了，你要适应。"他讲了一个故事：他退下来以后，一位老战友托他帮忙办残疾证，他亲自给一个科长打电话，虽然符合条件，但还是给打发了。而科长一类干部过去总是千方百计找机会接触他，汇报工作毕恭毕敬。他说："过去的毕恭毕敬是对权力的敬畏，而不是对人的尊敬。"我觉得他说得十分有道理。

人有各种心态，有拜法主义、拜金主义、拜权主义，还有拜情主义，而敬畏权力是国人特有的一种拜权文化心态。在这种心态的驱动下，社会变得庸俗，人性跌落，世态炎凉。法治社会是人们追求的理想社会，但法治社会需要畏法心态作为基础，而畏权心态不根除，法治社会就难以实现，社会仍然会被扭曲。

一个孩子向一群人走过来，这群人中有爷爷奶奶、爸爸妈妈，有常带他玩耍的叔叔阿姨，还有其他人。但孩子谁也没有搭理，偏偏只跟老师打了招呼，怯生生地喊了一声"老师好"。人群中,为什么孩子放过其他疼爱他的人和喜欢他的人,唯独与老师打招呼? 因为老师可以管着他。

梁实秋在他的文章里讲了这样一件事:火车站票房门前常有一名警察手持竹鞭来回巡视,遇到不排队抢先买票的人,警察就一声不响地举起鞭子,狠狠地打在他的背上。挨了鞭子以后,他乖乖地排到队尾去了。有时候,人就是这样不敬畏规则,只屈从淫威。你对,你正确,我不一定听你的;而你厉害,你凶狠,我反而乖乖地听你的了。

细究畏权文化心态,其源于滥权行为。有的人一旦有权在手,就运用得淋漓尽致。一次我在旅游区上厕所,因没带钱,守厕人不让进。我去找朋友借钱时,听守厕人与身后一位大姐打招呼:"大姐,你也来了,要什么钱呀,进去吧。"原来,守厕人也会滥权,把收费的规矩破坏了。守厕人都能充分地使用权力,还有什么岗位的权力不会被滥用呢? 各种滥权的现象造成了全社会的权力崇拜,而这种崇拜就形成了权力价值观和畏权文化的各种心态。

最常见的是荣耀心态。把权力与地位当作光宗耀祖的目标追求,一旦实现了,就认为祖坟都冒烟了。一个村子、一个学校如果出了几个高地位的人,就将之视为荣耀,在史册、史馆中留名留姓,所以许多城市都有"状元府""学士街""某某官巷"等。在这种文化环境中,人人都去追求官道。有的人读书为做官,去考官;有的人花钱买官,欲取先予;有的人跑官要官,不择手段。这种官本位的思想理念根深蒂固,难以消除。

其次表现为畏惧心态。人们也欣赏别人的能力,但更多的是欣赏别人的权力。有一次专业资质考试，一个父亲带着小孩来考试，迟到了，门卫不给进。有人告诉他，这是作协主席。"作协主席与我有什么关系?"稍后，又来了一位父亲带孩子考试，迟到了不给进。有人告诉他，这是保安公司的科长。"那就走工作人员通道吧。"保安的两种态度，表现了人们主要是畏惧权力，而不是畏惧职位，因为上级的科长能管到他。

还有常见的两脸皮心态。社会上有这样一种现象:人人都在背后骂当官的，但一看到当官的人来了，又都齐刷刷地站起来，表示敬畏;对社会上的腐败现象，人人都在喊反腐败，但许多人在办事时，又千方百计地参与腐败。当然，有的是不得已而为之，但这种两脸皮心态，就导致了社会正义力量的缺失。

我们追求一个法治社会，必须要革除这种附在全民身上的畏权心态，让法治有一个落地的温床和文化基础。

2015 年 8 月

底线与高压线

　　万事万物,在其运行过程中都有许多亘古不变的定律,"底线"原则与"高压线"原则就是社会运行中一个重要的定律。这两条不可逾越的平行线规范着人们的行为,如果越线了,就会导致灾难、悲剧,甚至毁灭。做人是这样,做企业也是这样。

　　做人的底线首先是道德底线。道德底线是民族文化积淀的成果,是社会通行的、约定俗成的观念和准则,包括孝悌、尊老扶幼、忠于家庭、遵纪守法等等。做人的利益底线是取之有道,不义之财不可取。做人的精神底线是满足自尊,包括自己的和他人的尊严。底线是最低标准,不是唯一标准,守住了底线的人才是一个人格合格的人。

　　"高压线"是社会管理的最高红线原则。"高压线"在不同的历史时期和范围内,有不同的内容,往往是矛盾的主要方面。例如,二十世纪八九十年代,计划生育是"高压线",谁违反了谁就要付出代价;现在,腐败是"高压线",谁腐败了,违反"八项规定"了,那谁都保不了你了。所以,在任何时候都不要碰"高压线",离远一点才安全。

做企业也有底线和"高压线"。企业的底线就是设立警戒线,离不开以下原则:一是成本原则,长期亏损的事不做。二是量力而行的原则,盲目投资可能就是死路一条。圣罗纺织原本是好企业,品牌、设备世界一流,就是在做大做强的冲动中,未大先倒、未强先衰。三是人和原则,股东之间要和,雇主与职工要和,兼顾了几方的利益就会出现和谐发展。当然,不同的企业有不同的底线,坚持了这几条底线,企业即使做不大也不会消亡。

企业的"高压线"是企业时刻要警惕的红线,要采取一切措施避让它。在现阶段有几条红线企业决不能碰。一是环保红线,在越来越严的环保背景下,企业决不能懈怠。二是安全红线,往往一个安全事故就能毁灭一个企业。三是信誉红线,特别是金融信誉,往往一个银行贷款逾期,企业就要倒闭,业主就涉嫌了诈骗。不同的企业有不同的红线,但不碰这三条红线,企业即使做不好也不会出大问题。

当今社会是一个多元多彩的社会,多种价值观在潜行,多种诱惑在侵蚀着人们,守住底线、不碰"高压线"是一记警钟,记住这两条线,人生的航向不会偏离。

当前的经济形势变化莫测,传统产业亟待调整,新兴产业纷纷登场,宏观形势趋好,微观压力增大。在这场大变革中,守住底线、不撞红线是企业以不变应万变的定律。当今,在产业转型大潮中,有出发的,有待发的,人们应清楚地知道,船到桥头自然直,时代潮流不可逆转,只要有思维,有底线,设红线,人人都会在新时代征程中谱写壮丽篇章。

2015 年 11 月

亢奋之后应有理性

近年来,工业革命所形成的新概念、新名词和马云式的创业神话让许多人亢奋起来。云计算、大数据、互联网金融、在线教育、机器人、3D 打印、基因技术夸大其词地渲染,形成一股"头脑风暴",冲击着实业企业家。他们怀疑自己变土了,害怕自己快落伍了,置业信心丧失到最低点,出现了许多让人费解的转型现象:有一个曾被称为"名旦"的企业,厂房拆光,整出几百亩平地盖养老院了;一个有 50 多年历史的电子元器件厂,曾是该市首个引进国外技术的企业,干脆转让给上游公司了;一个曾是全省行业龙头的企业,在千方百计地变卖股权和资产。诸多现象使人感到了实业家的悲情。

但是,自去年以来,股市的暴涨暴跌,高科技、互联网概念泡沫的破灭和实体经济的低迷,使许多人又冷静下来,他们又悟出了两个道理:

第一,无论世界如何日新月异,人类的衣食住行不会消失。实体产业的存在是为了满足人类生存、生活的需求,只要人类需求不消失,实体经济就不会消失。因为人类的生活是实体的,永远不会变成虚拟的。

第二,从来没有横空出世的新经济、新动能。社会发展是环环相扣、循序渐进、螺旋向上的,不会是凭空突变。技术进步也是点滴积累,在实践中前行的。历史经验也不止一次地证明,旧经济的低迷往往孕育着新的商业可能,但这种可能并非横空出世的空中楼阁,创造这种可能的仍然是企业家重构传统产业价值的核心能力。

亢奋之后应有理性,应该有一个清醒的思路,而这思路决定着出路。政府的理性是应该组织一个多元的经济社会,让传统的、前沿的产业并存发展,让技术密集型、资本密集型与劳力密集型的产业同时存在,让实体的、虚拟的经济有机融合,不可偏废,不可歧视。企业的理性是应该要有主体意识,要认识到,实体经济永远是社会的主导力量,是财富的创造者;虚拟经济永远是一个工具,是一种手段,是服从、服务于实体经济的。有了这种主体意识,企业家就能主动适应新的业态,整合行业的资源,运用新经济手段,重构传统产业价值,创造不衰的企业。社会的理性是应该有一种宽容的心态,认识到一个国家和一个城市的强大,需要的是企业和企业家,特别是实体经济的企业。他们在创业和置业过程中,可能有失败和挫折,但都是暂时的,要相信和支持他们,哪怕只是舆论的、道义的支持,切不可指责和怀疑。

世界上的万事万物,包括政治、军事、外交,都有一个从激奋到理性的过程。经济领域也是这样,只要有了政府、社会、企业家的理性共识,经济的低迷、实业的困境就将会过去。经济复苏已是冲击地平线的航船,向我们驶来;已是母腹中躁动的胎儿,即将出世。

2016 年 3 月

羞耻感是一种防范机制

　　人体有各种防范机制。疼痛感是防范机体的伤害，味觉是防范机体的失衡，羞耻感是防范行为偏差的一种机制。人体防范机制有刚性和柔性两种，疼痛感是刚性的，难以突破；羞耻感是柔性的，难以坚守。

　　羞耻感是一个人在思考或实施某种行为时，人体给你的一个预警。你接受了警示，行为就正确，而突破或无视这个预警，行为就会出问题。

　　一个撒谎的人，第一次撒谎时，他会脸红、不好意思。如果他终止了讲谎话的行为，说明他接受了这种防范信息，不再撒谎，他将是一个诚实的人；如果他跳过了羞耻感，继续说谎话，他就会越走越远，最后连他自己都认为他讲的谎话是真的了，没有了羞耻感。

　　一个人年轻时，与异性接触，都会有害羞的感觉。如果把这害羞感作为做人的底线，规范自己的行为，他将成为一个作风正派的人；如果超越它，并放荡不羁，将有可能出现生活作风问题。

一个当权者，第一次遇到贿赂时，一定是紧张的，有羞耻感的。如果把羞耻感当作一堵墙，他就成功了；如果把这个底线冲破了，他就会跌入深渊。

羞耻感是阻止个人某种行为的第一次信号，而第一次是一道底线，突破底线就会有无数次，不可收拾就会犯错。所以，要重视羞耻感的信号。

重视羞耻感，就是要及时发现它，一旦发现就要抓住不放。它的信号可能以紧张、不妥、愧疚、畏难等形式出现，当它出现时，你就要把它作为一种防范机制，坚守如初，你就可能成为一个高尚的人，至少也是犯不了大错误的人。

社会上各种丑恶现象都是忽视羞耻感造成的。政客的谎言、当权者的贪婪、奸商的豪夺等各类丑恶行径，都是丢失羞耻感造成的。

要有鲜明的羞耻感必须要有鲜明的信仰，要有正确的价值观、人生观、是非观，否则，就会失去羞耻感。

2016 年 8 月

杨绛为何被称作"先生"

　　女作家、翻译家、文学研究家杨绛逝世,轰动了整个网络世界,人们以各种形式歌颂、缅怀这位"最贤的妻、最才的女"。各种纪念文字都一律称她为"先生",许多年轻人不解,明明是女士,为何称"先生"? 这个问题很好回答,但在回答之余,我思考着:当今为什么就没有称得上"先生"的女士呢? 我的答案是:忙碌的、浮躁的、庸俗的世界何能有"先生"!

　　20世纪"五四"运动以后,人们把在文学、政治领域有突出贡献的,且被尊为前辈、老师的女士也称为"先生"。到目前为止,除杨绛以外,还有宋庆龄、何香凝、鲁迅夫人、冰心等都被称为"先生"。可见,"先生"是一种声望,是一种社会认可,是成就的象征,是对其人品人格的尊重。

　　"先生"是对成就的公认。杨绛先生1932年毕业于苏州东吴大学,与钱锺书(《围城》的作者)先生一道潜心于文学创作和研究,没有任何功名、世俗的干扰,有的是孜孜不倦的探索和追求。她早年创作的剧本《称心如意》在文艺舞台上上演了60多年；她翻译的《堂吉诃德》成为家喻户晓的优秀作品；她92岁还写出了几十万字的散文随笔《我们仨》，描写了她与丈夫、女儿的家庭生活故事，从故事里看人生哲学，《我们仨》成为10年前最畅销的书。杨绛这种潜心治学、努力创作的精神，让世人感动，她的成果震撼着人们，人们敬佩地称之为"先生"。

"先生"是对其人品的尊重。杨绛先生有着高尚的人生品格。她送给年轻人的箴言是"我和谁都不争，和谁争我都不屑"。她的"不争哲学"是她的人生成功之道。杨绛先生活了105岁，经历了那么多的风雨，但她始终没有改变，无论对爱情的态度还是对文学的态度，抑或对社会的态度，她把不平常的岁月当成平常的日子，始终以宁静的心境对待这个不平静甚至庸俗的世界。她的"不争"指的是在功利上不争，视名利如粪土，静下心来沿着自己的方向做自己喜欢的事。在"不争"之外，其心灵深处，却有着家国情怀，以坚持不懈的精神、无私的奋斗，追求内心的目标。正因为这种无私、静心、博大，她赢得了大众由衷的尊敬。正如老子所说："夫唯不争，故天下莫能与之争。"

当今时代需要"先生"。曾有人发出一个疑问：我们现在为什么出不了大家？这个疑问问出了当今社会的弊端。物欲横流阻止着"先生"的诞生，许多领域出问题了：科技人员不是为了出成果，而是千方百计套国家经费；教授不是潜心做学问，而是抄袭论文骗取职称；教师把课堂上该讲的内容带到课后换取补课费；文学碎片化了，微信、微博的杂谈代替了创作；医院的医生论钱看病，因为医院考核的指标是经济效益……这些例子并不否定社会上正能量仍占主流，但不可否认的是，如果没有杨绛

"不争哲学"的精神,是成不了"先生"的。

记住杨绛先生的"不争哲学"吧。杨绛从 1977 年住进小区后,一直没有离开过,她家是小区内唯一没有封阳台、没有室内装修的寓所。这种"不争哲学"正是她伟大人生的支点。当今时代难道不是需要更多的人撑起这个支点吗?

2016 年 5 月

拥抱互联网

当今时代是一个被互联网席卷的时代,互联网像海啸一样吞咽着各行各业,加工业、金融业、旅游业、文化教育等,无一幸免。尚未进入互联网世界的人将信将疑地观望着已入围城的狂热,有时也感到焦急而无从下手。我觉得不必危言耸听和害怕。最先进的东西往往是最简单的东西,我们的生产方式和生活方式必将被互联网改变。拥抱互联网和确立互联网思维的时间越迟,你被淘汰的概率就越大,你的生活和精神将会落伍。

拥抱互联网,关键是建立互联网思维。人类社会经历的每次飞跃,最关键的不是物质催化,甚至也不是技术催化,其本质是思维的变革。欧洲的文艺复兴运动带来的不仅是艺术革命和技术革命,更重要的是思想和思维方法的革命。这场革命极大地促进了社会和生产力发展,揭开了近代欧洲历史的序幕,被认为是中古时代和近代的分界,是封建主义和资本主义时代的分界。互联网的兴起也将是传统社会和现代社会的分界。这种具有里程碑意义的互联网浪潮,势不可当,我们只能去拥抱她,融入她，拥有她，没有别的选择。

互联网思维要去中心化、去权威化，在互联网面前人人平等。因为在互联网中是没有中心节点的，没有哪个点是绝对权威的。所以在互联网经济中，垄断生产、销售以及传播将不再可能。大企业和小企业、富人和穷人很可能一夜之间被颠倒，千万不要满足于你现在的规模和优势。

互联网思维的实践要革除凡事拥有的观念。互联网时代的最核心资源是数据和知识工作者。这一切不可能完全自己拥有，那样成本太高，效率太低。在社会分工越来越细的知识时代，要充分利用社会资源，把自己嫁接在"中间页"公司上，就能达到十牛合力的效果，人才和资源问题就能迎刃而解。

拥抱互联网要有能力和自信。有人把互联网看得高深莫测，玄而又玄，其实它就在你的脚下，就在你的身边。马云起先不懂电脑，不懂管理学，在入行前是大学英语教师，当年高考考了三次才进入师范学院，关键是他具有互联网思维。他自1995年创办中国黄页互联网公司以后，运用了"东方智慧＋西方的运作＋全球大市场"的模式，吸引了众多的优秀人才，才让他从一个不懂广告并不做广告的人，创造了互联网的奇迹，成为世界经济的"未来领袖"。所以，企业家们有理由从马云的经历中获得自信，我们所有人都能迁徙到互联网时代。

有了认识上的革命、实践方法的创造、自信心的确立，在拥抱互联网的过程中，一个个崭新的"马云"将会出现在互联网的战场上。

2016 年 11 月

崇拜商祖王亥

王亥是商朝的一个部落首领,他聪明睿智,善于开拓。中原地区牛很多,但牛野性极强。他在驯牛过程中发现牛鼻子对牛的控制力很强,他用木棍穿过牛鼻子,牵着牛鼻子,牛果然很顺从。从此,牛就成了人类的劳动力。以前王亥的曾祖父就发明了马车,王亥改用牛拉车后,力量更大。劳动工具的改善,促进了农业和畜牧业的发展,使物资更加丰富。王亥又用牛车拉着剩余的产品,成群结队地到其他部落和长江流域去交换,开展以物易物活动,使产品流通起来,生产力又得到了新的发展。因为是商朝部落开创的这些贸易活动,当时人们就把以物易物的人称为"商人",把交易的产品称为"商品",把这个行业称为"商业"。王亥成了"三商"的始祖。

很早以来,人们就崇拜商祖王亥。民间传说,王亥之所以有本事,是因为他母亲误吃了燕子的卵,生出了这么伟大的人物。人们把燕子作为图腾崇拜,喜欢燕子在家做窝,谁家屋内燕窝越多,就预示着谁家兴旺。

今天的商人——企业家也需要学习王亥的创造精神,学习他抓主要矛盾的方法,学习他抓产业转型的魄力。衡量一个人的能力、水平,不是看他拥有多少金钱、地位和权力,而是看他是否始终走在时代的前面,超人一步地做别人想做而做不了的事情。王亥所处的时代是生产力极其低下的时代,而他高屋建瓴地审视生产力中的生产工具,抓住牛鼻子,牵一发而动全身,实现了生产力和生产关系的重大突破。今天的生产力水平相当先进了,掌握生产工具的我们也与时俱进了,我们与生产工具的关系和王亥时代人与生产工具的关系应是平衡的。王亥能突破,我们也能突破,关键要学习他的判断力、实践力和敢作为的精神,找出本行业、本企业的牛鼻子,实现自身的突破。

　　现今的经济形势令众人思考,许多利好的政策和措施如水洒沙漠,不见成效。我们要思考的是:牛鼻子是什么? 是体制,是价值观、意识形态,还是分配制度? 抓住了牛鼻子,许多问题就迎刃而解了。

2017 年 3 月

树逢适土枝叶茂

　　树的生命力很强,它可以在悬崖峭壁上生根,可以在沙漠里成长,但只有在适合它的土壤里才能枝叶茂盛。

　　有一天,我听到一个安庆人与一个芜湖人的对话,感到很有意思。安庆人说:"我们安庆人杰地灵,不但创造了许多历史的辉煌,就连你们芜湖的发展也有安庆人的贡献。"芜湖人说:"那你们安庆现在为什么比芜湖落后了?是因为我们芜湖适合你们安庆人发展。"此话讲得不无道理,是一个很好的哲学命题。

　　安庆是一个山清水秀、人杰地灵的地方。稳定的社会形成的农耕文化,使孔儒思想发扬光大,形成了读书至上的社会风气,出了一大批文学家、思想家、科学家和政治家。他们的"桐城派"文风统治了中国文坛 300 年;他们的"徽班进京",使京剧成了民族的精粹;他们把民间小调发展成中国五大地方戏之一的黄梅戏,使"树上的鸟儿成双对"家喻户晓;中国共产党的主要创始人之一陈独秀、"两弹元勋"邓稼先更让人永远铭记。这些辉煌不仅是安庆人的骄傲,也是中国人的骄傲。

但是,细数一下,为什么安庆没有出经济学家,没有出世界级和国家级的企业家?是因为这块土地适合文人和学者发展。长期以来,这里农耕发达,生活安定,社会稳定;缺少移民,缺少外来文化,思想相对禁锢、封闭、保守。安庆重文轻武,重农轻贾,在社会进入市场经济社会时,就显得措手不及。但安庆人的素质、智慧、勇气、品质仍然存在。

　　芜湖是吴楚交融之地,近代移民聚集,集多元文化于一身。黄山山脉的北水流经芜湖出江,形成了徽商之都的特殊地位,赋予芜湖人特有的商品意识和经商的徽骆驼精神。"第一米市""通商口岸"熏陶着芜湖人的开放精神。由此,芜湖就形成了一种开放的心态和包容的文化。

　　具有天资的安庆人,在芜湖这块沃土上,在现代社会里大显身手,大有作为。他们在这里如鱼得水,其先天具有的素质、才能得到新的升华。实践证明,迁徙到这里的安庆人,携着宜城的精神和智慧,为芜湖的经济和社会发展做出了特有的贡献。20世纪90年代初,芜湖市委书记是一位安庆人,他顶着多重压力,带领全市人民创办了内陆首个非省会城市的国家级经济开发区,展开了芜湖经济腾飞的翅膀。这个创举已载入芜湖史册,芜湖人谈起开发区,言必称金书记。在世人的眼里,奇瑞汽车的名字与一位安庆人的名字画了等号:又一位市委书记力排众议,用超人的智慧和能力,创造了民族工业的奇葩,让汽车进入家庭成了现实。还有一批具有同样精神和勇气的安庆人,在多条战线上,为芜湖的经济转型、城市建设做出了无私的奉献。他们的业绩,在芜湖人中也是有口皆碑,他们的成功是因为芜湖这块土地适合他们智慧的施展和才干的发挥。

　　我这样回答安庆人和芜湖人争论的问题,不知是否科学。但是万事万物只有在适合它生长的环境里才能生存、成长,只有在更优质的环境里才能枝叶茂盛,是一条不争的真理。

2016 年 12 月

冷静出智慧

可伊先生在一篇文章中讲了这样一个故事,佐证了冷静的力量,细读品味,对为人处世当有所启迪。

有一个富商,为了躲避战乱,把所有的家财置换成银票,特制了一把油纸伞,将银票藏在伞柄之内,然后把自己装扮成普通老百姓,带上雨伞准备归隐乡野老家。

不料途中出了意外。他途中劳累时,在一个凉亭里打了一个盹,醒来雨伞就不见了,一生的积蓄化为乌有,这对他来说是天大的打击。在一阵紧张以后,他冷静下来,发现身边的其他包裹完好无损,他断定拿雨伞的人不是盗贼,而是因下雨顺手牵羊拿走了雨伞,并断定拿伞的人就在附近的村里,所以他未宣扬丢伞之事。

富商决定就地住下来。他办了一个雨伞修理部,干起了修伞的营生,静等雨伞的出现。

春去秋来,一晃两年过去了,他的伞都没有出现。他还是选择了冷静。经过分析,他认为有的人见伞坏了,不修就直接去买新伞了,所以他的那把伞很难出现。于是他打出"旧伞换新伞"的招牌,而且同类伞换伞不加钱。此招一出,前来换伞的人络绎不绝。

不几日,一个中年男子夹着一把破旧油纸伞匆匆赶来,富商一看,正是自己魂牵梦绕的那把雨伞,仔细看伞把完好无损,富商不动声色地给那个男子换了把新伞。

当换伞人离开以后,富商转身回屋,收拾好家当,带着自己的银票踏上归乡之路,从此,在当地人眼里消失得无影无踪。

冷静出智慧。富商的无言等待,是冷静之后的智慧。在突如其来的事件面前,富商能够沉着应对,从而化险为夷。

对人生而言,冷静处事是一笔财富。面对惊涛骇浪、乌云笼罩时,当生意崩塌、陷入商场陷阱时,急躁、焦虑、苦恼于事无补,冲动有时还会使事情变得更糟。而这样恰如其分的静,稳住你的阵脚,让你在冷静中产生智慧、产生力量,你的境遇就会改善,你的损失就会减少。

冷静的智慧是一种韧性的智慧,请务必记住一个道理:静胜躁、寒胜热,清静为天下正道。

2017 年 5 月

切莫让攀附成为文化

　　在大浦的植物园里，常常看到一种树缠树的现象。一棵藤干树寄生在一棵大树上，盘旋而生，一边吸吮着主干的营养，一边绞杀着大树的主干，让人十分惊奇。前不久，一篇政治通报中提到了"政治攀附"，我感到十分新鲜。细想，小树寄生在大树上的现象，在社会上大概就叫"政治攀附"吧。

　　人类社会的攀附比自然界的攀附更为广泛、深入，细数一下，社会攀附大致有人生攀附、经济攀附和政治攀附三种。

　　人生攀附最有代表性的是婚姻攀附。有姿色、贪富贵的女人总是要把自己依附在一个高枝上。20世纪五六十年代，工人阶级、贫下中农有地位，美女们纷纷找工人、贫下中农谈对象；70年代，现役军人有地位，做军嫂成为潮流；80年代，知识分子吃香了，美女们都愿意找大学生、教授、工程师；90年代，企业家有影响力，美女们都愿意嫁入豪门；新世纪，官二代、富二代，成为人们追逐的对象。早晨，听到一个消息：上海一位朋友的女儿35岁了，夙愿实现，终于找到芬兰的一位老外嫁了。这个信息又使我想到另一个现象:有才有貌的女子很多流向了国外、大城市、经济发达地区。前不久,看到一篇文章,题目就叫"东北无美女",讲的不是色情,而是经济、社会现象。这种婚姻价值观,不就是人生攀附的具体表现吗?

经济攀附主要表现在商场上。丁书苗就攀附在刘志军这棵树上,贪婪地吸吮着营养、财富,使刘志军最终凄惨跌落。商场攀附有着悠久的渊源。徽商胡雪岩攀附了晚清重臣左宗棠,富能敌国;晋商攀附了慈禧太后,开创了金融业的先河。更可怕的是,后人不仅没有鄙弃他们的行为,反而把它作为理论去研究,当今社会更把攀附权贵当成了能力、本领。商场的攀附导致了社会资源的流失,腐败乱象滋生,结果就引发了民众的不满。此势蔓延,何谈安定团结?

政治攀附的显著特征是以权力为中心,盘根错节,形成上下连体的山头,区域结盟,团团伙伙。他们无制度,无原则,无道德底线,有的只是个人私欲。政治攀附现象不需举例,身边之事,时有所闻。攀附有术之人,缠绕能力很强,他们见官就攀,投其所好,诱其所惑,或以钱,或以色,或以物,或以人格做抵押,极尽攀附之能事。在现实中,攀附之人确实获利不菲,升迁之路十分顺畅。然而,但凡攀附者,都是无义之徒,一旦主子靠不住,就另寻新途,"名人"王立军就演绎了攀附者的下场。

攀附文化,根深蒂固,已浸透到人的脊骨,连阿 Q 也攀附赵老爷,说自己也姓赵。当然,在我们的民族文化里,主流意识是反对攀附行为的,屈原、陶渊明、包拯、海瑞这些刚正不阿、一身正气的仁人志士,得到历史的颂赞,成了世人的楷模。唐代大诗人白居易把攀附者斥为"势客",对他极尽讥诮之词："托根附树身,开花寄树梢","寄言立身者,勿学柔弱苗"。在现代社会里,也有许多正义之士,堂堂正正做人,清清白白做事,对权势不卑不亢,对利益不慕不求。他们可能没有应有的地位、权势,可他们有的是百姓的口碑。

莫让攀附成为文化,最根本的法则是树立正确的价值观,而价值观导向靠制度去实现。制度让攀附者无市场、无利益、无机会,人们像怕酒驾一样害怕商场攀附和政治攀附,形成清澈透明的人际关系和清清白白的官商关系。有了好的制度,就能用君子、汰小人,铲除"势客"生长的土壤。

2018 年 3 月

心灵苏生

　　校庆聚会的亢奋已过去,心情渐渐平静,我又开始了新的回看。欣赏着业春、景华的记事、抒情章篇,品味着重元、康生的诗文,翻阅着群里发送的一张张传情的照片,搜寻着聚会时一幕幕动人的场景,闭目静思:这"空前绝后"的聚会最大成果是什么?为什么芜湖电校有如此的凝聚力? 我顿悟:这是一次心灵的苏生。

　　有一位校友,是一位才华横溢的真才子。他患了老年忧郁症,冷漠生活,远离校友。聚会前,在学长、同窗的温情感召下,他苏醒了、病愈了。在群里、在聊天中,他的才干又一次显现。《徽州三日行》的精美文字和精彩照片,让人刮目相看。他谈经论道、评判历史的独特见解,给校友们留下了深刻的印象;他写的诗句"隔山隔水不隔心,常来常往常联系",成了大家的口头禅。他在校友中的重现,不就是一次心灵的苏生吗?

　　聚会的组织者是一位具有帅才之气的领导者,她得到了大家的赞誉,大家给她极高的评价。但她在总结报告中特别写了这样一句话："筹备的过程就是一次自我修炼的过程。"这是多么高的自我完善的境界啊！校友在文章中称赞她的性格、品质和胸怀时，她说："这是对我的要求，我努力做到。"这又是多么好的谦卑态度啊。这不是心灵的又一次升华吗？

报到的时候，有一位校友远道而来，目的就是想见在特殊时期时被自己伤害的一位校友。当他紧握那位校友的双手时，颤抖地说："你好吗？""我很好，你也要多保重。"当时，他的心是紧缩的，但看到对方宽容的态度，他坦然了，他一辈子歉疚的纠结、郁闷的心情一下子就解开了。这不也是一次心灵的苏生吗？

在编辑《雨耕情》文集时，有的校友有一个从封笔到动笔的过程。他们过去由于擅长文字，受过不应有的伤害，曾经立誓封笔，写下了这样的自勉句："一朝被蛇咬，十年怕井绳。封笔几十年，不著文与人。"但是，当编辑的任务、撰写的责任落到他们身上时，他们那"性本善"的灵光又一次显现了，他们不但写出了电校情缘、校友同乐的好诗和文章，还承担了繁重的编辑任务。他们那认真、执着的精神和专业水平，造就了文集的优良品质。这个从封到动的过程不正是心灵苏生的过程吗？

校庆聚会从筹备到召开的十个月时间里，许多联络员千辛万苦地寻找校友，不计个人得失，默默地奉献。有一位校友在拜访失联的同学时，同伴不小心跌成了骨折，这位校友从急救到送医、从看护到慰问，个人花了9000多元，他从不向别人说，从不抱怨。有一位校友操劳会务引发了心脏病，晕倒后无人知晓，最后还是在集体照上没有发现她的照片，事情才被公布。还有许多许多我未曾知晓的故事，这一切使我感到了一个个心灵的升华。

　　台湾一位学者说："圣人要做天上的光,温暖大众;做地上的盐,给社会增加一点味道。"校友们在聚会时所展现出来的风采,不就是天上的光、地上的盐吗! 心灵需要苏生,而苏生心灵需要的是奉献、宽容、大度和为他人服务的精神。我喜欢"苏生"二字,所以有位校友要给我写一幅字时,我要的是"心灵苏生"。

2015 年 12 月

高处见人品　低处见心态

作家谢可慧在自己的作品里写了这样一段话：一个人真正的格局，往往藏在你得意的时候。当你小有成就，当你开始慢慢高于你原来的社交圈，当你确实与同龄人开始拉开距离，你究竟是否还能保留人与人之间最起码的相敬如宾，而这些藏着你的真实人品。我觉得这个见解是十分正确的。这不仅仅是观察社会、观察人品的一个角度，更是对如何做人的警示。

在社会生活中，我们看到同学、同事聚会时，往往官做得比较大或企业做得大财富多的人总有点盛气凌人，或不屑于参加，或参加时需众星捧月。其实，他貌似风光，实际已失去了别人的尊敬，在人品上得了负分。但也能看到，有的人地位越高越谦虚谨慎，平等待人，念记发小，帮助弱者，显示出贵人风范。两种姿态就显示出两种不同的人格品质。这种人品，不是先天具有的，而是靠自己的修养得来的。

一个人的成功，不仅靠个人的能力和才华，还有机遇和环境的因素，你不是财富和地位唯一有资格获得者。当你面对掌声、鲜花和喝彩的时候,头脑一定要清醒,不能脱离群众,不能居功自傲。真正能做大事的人,往往在成功、得意时,依旧能够保持低调、谦卑、友好,懂得尊重、理解和宽容别人。你不高高在上,放下姿态,就可以获得好评,就会长久地处在人生和事业的高地。同时,成功者必须牢记一个道理:成功者的身后,不乏嫉妒者;嫉妒的原因,是他认为你不配获得这一切,你唯一的办法就是尊重嫉妒者,尊重所有人,再用你的能力证明你配拥有这一切。这就是成功者的修养。

作家谢可慧在自己的作品里还说到低处见心态的道理:人生之路,不会一片坦途,总会有遇到沟沟壑壑、深陷低谷的时候,总会有事业失败、生意失手的时候,总会有从在职在位到退岗退休的时候。这时,可以看出一个人的心态。有的人自暴自弃,抱怨社会,一蹶不振,心态扭曲;有的人不弃初心,奋发向上,逆流而起;有的人平静地平视社会,平视人群,健康乐观地生活。所以心态决定人生道路,决定生存的姿态。良好的心态也需要修养,需要锻炼。

处于低处的人,要平和地对待"穷在闹市无人问,富在深山有远亲"的现象,这是正常的,不能产生怨气。要明白失败和失落,往往为成功和幸福铺平道路,阳光总在风雨后。有了这种心态,低谷就会过去,即使过不去,也能快乐地生活。

高处见人品,低处见心态,不仅仅是做人的道理,也是企业家做企业的道理。市场总是有峰谷之时,企业总有兴衰之日,只要有了高低有度的心态,总归是成功的。

2017 年 11 月

华西村启示录

　　近日,我又一次到华西村,登上了华西金塔,鸟瞰华西村的全景。摩天大楼下是一片片红色的、蓝色的、银色的别墅群;在绿树成荫的道路旁是学校、培训中心、龙凤广场;在高速路旁是精雕细琢的人工湖;南边的工业区和北边的农业园遥相呼应。这是画境,是人间仙境。这不是农村,是都市;这不是城市,是花园。

　　华西村又一次让我激动。我带着好奇心询问导游,求证于村民。我细品满村的标语牌,看着一个个华西村的元素,思考着华西村的成功秘诀。华西村是一个行政村,又是一个企业集团、上市公司。去年的人均收入9.06万元,作为农民收入,这是全国最高的;集团公司的纯利润30亿元,作为企业收入,这是一般股份制企业望尘莫及的。华西村原有1000多人,0.96平方公里,原有的中心村已经成都市区了,现在有周边20个行政村并入到华西村。这个村已经有3.5万人、35平方公里,堪称一个农民王国。是什么力量使华西成为中国第一村?观察后,我得出了深刻的启示。

成功需要权威的力量。华西村改革发展的带头人吴仁宝在县委书记的位置上,放弃了升迁的机会,回农村与村民一起改天换地。他带领村民在 20 世纪 70 年代造田,实现农村现代化;80 年代造厂,实现工业化;90 年代造城,实现城市化。他用高超的凝聚力和领导力,把全村拧成一股绳,心往一处想地奔小康。而全村人心无旁骛地追随他的理由很简单,就认为他代表着真理,相信他的话:"天下是共产党的天下,社会主义一定会成功。"就是这种信仰的力量使华西村迈过一道道坎,豪迈地走向成功之路。

权威源于自律。权威不是权力,它源于自律,源于个人魅力。华西村两位书记都有一个"三不"规定:不住全村最好的房子,不拿全村最高的工资,不拿全村最高的奖金。上级先后给两位书记上亿元奖金,前任书记吴仁宝将之捐给了基金会,奖励学有成就者,现任书记吴协恩将之捐给了集体。吴协恩书记从 2013 年开始就不拿奖金,只拿每月 3500 元的工资。书记的母亲坚持两问两不问,即见村民问温暖了没有,问饱了没有,不问政务,不问村务,成为不干政的模范。这种约束使领导者形成了人格魅力,做到了振臂一呼,应者云集。

权威源于公平。华西村的人富是出名的,但富得公平,富得合理。华西人的收入由三部分组成:一是按劳取酬的工资、奖金收入,其中一半是发证券在村内流通;二是按需分配的福利收入,包括住房、上学、医疗、养老,全村都是一个标准的补贴或免费;三是按要素分配的股权收入,其中 80% 用于再投资,防止先富先奢，小富即奢。华西人家家有别墅、汽车，户户有资产，多则千万，少则百万，差距不大。公平让华西人产生了幸福感。

权威源于科学决策。华西村从诞生的那天起，每一步的道路选择和经营决策现在看来都是正确的，决策的成功使华西村产生巨大的信心。在1968年，华西村就办起村办工业，获得了第一桶金。在分田到户的大潮中，华西村坚持走集体经营的道路，形成了农、工、商全面发展的经营格局。在大办乡镇企业的热潮中，华西村成了全国闻名的工业村，到现在有200多家企业。在资产证券化时，华西村成了第一个上市公司。在南海建设时，华西村率先成立远洋运输公司，为填岛服务。目前华西村集团有五大独立公司，每年有几百亿的经营收入。华西村的路每一次都先人一步，每一次都一举成功。科学决策成就了领导者的权威，形成巨大的凝聚力和号召力。

华西村的成功秘诀有很多，但由科学的、公平的、自律的权威形成领导核心是华西村成功的重要秘诀之一。

2018年5月12日

诗词篇

沁园春·登雨耕山

雨耕山上,登楼环视,鸠兹尽收。观长江流水,志在千里,西来北往,劈山东去,傲然奔流;江岸锦绣,绿遍春谷无为州。思回首,恰同学少年,莘莘学路。

八百精英学子,读书五车才高八斗。巴蜀国里,功成名就;边疆关内,自当优秀;潜心科技,功在"神舟",不为名利业铸就。群网里,聊发少年狂,其乐如旧。

2015 年 5 月

如梦令·游巢湖

4月9日,一群年近古稀的校友,组织巢湖一日游,50多位翁姬欣喜若狂。为了让同伴同乐,我运用微信,填词《如梦令》,反映一日游全过程。

出发

新芳发出号召,嘉琬出任领导。金保前后忙,五十翁姬全到。出发,出发,车内嬉笑声高。

观巢湖

湖面碧波琼玉,湖岸轻衣花雨。忽见船浪起,烟絮波光柳绿。招手,招手,笑问摄影校友。

姥山留影

丝巾迎风飘飘,绿丛张臂微笑。相机对焦好,构图如此美妙。咔嚓,咔嚓,犹如仙女天骄。

姥山聚餐

鹤发童颜坐邻,风采依旧迷人。酒过三巡礼,胡言杂语诗吟。醉了,醉了,神仙莫过今辰。

2016 年 4 月 9 日

端午述怀

粽香袭来念忠魂，
屈子一去非遗成。
艾叶黄酒祛邪恶，
天空何时净浊尘？

2016 年 6 月 9 日

和景华《渡口》

收藏景华好《渡口》，
追思人生再回首。
多少沙洲与回流，
小心谨慎驾乘舟。
纵有悬壶济世心，
总觉民生力未酬。
职场已就登彼岸，
退思养心笔不休。

2016 年 6 月 13 日

附

渡　口

吴景华

曾在江边逗留，
看那江上渡舟，
匆匆上船的离客，
让人流泪挥手。
一天，
自己到了渡口，
去那飘云的远方，
方知挥手的伤愁。
人生关头，
亦如渡舟游走。
看着无奈的离别，
让人无缘回首。
大江大河之后，
留恋总是旧友，
最动心处，
多是渡口。

秋　志

——致志愿者

昨日才议雨耕事，
今朝又逢立秋时。
热情犹如未消暑，
清风催君再奋蹄。

2016 年 8 月 7 日

致四川校友

江城又议雨耕事，
夏去秋临正当时。
蜀国仍有酷日虎，
老骥伏枥志奋蹄。

2016 年 8 月 7 日

听　歌

　　校友群里举办了"雨耕山之夏"演唱会，在网络虚拟的舞台上，群友们每天用 K 歌软件录制自唱歌曲发到群里分享。正能量的歌声充满着对生活的热爱，在欣赏的同时，我即兴写下了此诗。

　　　群里阵阵 K 歌
　　　激荡着我松弛的生活
　　　心灵随着节拍起舞
　　　思绪泛起音符的水波
　　　像疾风掀起松涛
　　　浑厚而老练
　　　像山涧涓涓细流
　　　响亮而绵长
　　　像夜空中的闪电
　　　驱赶着狂热的亢奋

像夏日的明月
光亮而清凉

在小区池塘旁的长椅上
我和精灵一起陶醉
叽喳的夏虫
已无力地停止呼喊
沉到水底的小鱼
浮上来兴奋地追逐
静静的垂柳
也多情地摇晃
纳凉的同伴
随着旋律哼唱
只有我五音不全
却一遍又一遍地欣赏

2016 年 8 月 10 日

读《记》有感

夜读《博山琐记》篇①,
寅时已过不觉眠。
蒲公故里圆旧梦,
凤凰山麓乐几天。
昔日瓷都今不在,
博山仍为山博渊②。
山东二贤③剁指绝,
留得忠君气节全。

2016 年 10 月

注:①2016 年 10 月,校友重返原工作单位山东博山电机
厂,张重元写了长篇记叙文《博山琐记》。
②山博:博山电机厂新名。
③山东二贤:朱元璋招募四海贤才。山东李氏父子系前
朝臣官,精通天文地理,是知名贤达。皇帝三次下诏请二

人到朝廷任职,李氏父子以人不能侍奉二主为由拒诏,遭满门抄斩、灭九族。在下令严刑时,皇帝还表扬他们的忠君精神。

清平乐·听雨

　　"鲇鱼"①初秀,秋雨如天漏。乍寒袭来衣衫透,卧床静听雨骤。

　　去年曾醉小楼,碰杯狂欢无愁。今日梦归何处? 皖南三日畅游②。

2016 年 10 月

注:①鲇鱼:为 2016 年第 17 号台风名。
　　②皖南三日畅游:系老芜湖电校年逾七旬的校友 10 月
　　份去皖南三日的集体游。

信　仰

——答老董

箜篌[①]本根是龙笛[②],国敬三清[③]非菩提。

返璞归真即成仙,无须跪拜问僧尼。

2016 年 11 月

注:①箜篌:一种乐器。

　　②龙笛:中国的长笛。

　　③三清:道教的三位至尊高神。

附　董善宽诗

无　题
董善宽

绿地阴凉山色奇，箜篌雅乐证箜篌。

原天一物非焉是，月下推敲问僧尼。

读晓苏七言诗《信仰—答老董》有感
董善宽

箜篌聚顶见凤凰，

龙笛相携配成双。

老子一气化三清，

万物成仙乾坤亮。

立冬轶事

细雨凄凄不觉寒，
西风漫漫明日还。
开橱翻箱寻衣物，
端梯扶椅帮妻忙。

开窗远眺小区景，
路边落叶半青黄。
仰望天空尘埃色，
急忙关闭防浓霾。

2016 年 11 月 7 日

初 雪

狂扫落叶西北风，
一夜聚冷便成冬。
昨日银花触地融，
今晨皆白雪成功。
午时丽日重高照，
黄昏银花全无踪。
世间一物克一物，
时令未到缓称雄。

2016 年 11 月

冬雨梧桐

寒风细雨漫天扬，
枯叶飘落遍地黄。
秃枝净干招路人，
秀美勿忘添衣裳。

2016 年 12 月 14 日

七十回首

青春奋蹄入职途，
几度风光几多愁。
常是听竹忧民疾，
总有误判议不休。
平民草根偶出头，
如履薄冰慎走路。
荷红菱熟归宅院，
无须再植河边柳。

2017 年农历二月十四日

诗城怀古

两岸青山螺独秀，
诸峰绿白鸟徘徊。
三元洞里投江影，
西水流中自返回。
戴老①酿春千里醉，
翠儿②争李十乡槐。
掷金填谷联台壁，
今日何生③电校来。

2017 年 4 月 9 日

注:①戴老:采石街酒坊的老板。他配的千里香酒远近闻名,李
　　白常去沽酒,由此名扬天下。
　②翠儿:当涂县大青山下的村姑。传说李白在三元洞旁投江
　　后,递流而上,漂到大青山岸边,在争抢李白遗体时,翠儿力

战群雄,争取到了李白并葬于大青山脚下。

③何生:传说一书生在赶考前,在李白茅栅里避雨,看到墙上李白的诗敬佩不已。该书生中了状元以后,推荐李白进京辅佐,回来劝李白赴京,李白严词拒绝,将聘金全抛至门外,顿时石台合壁成书台。何生被此举感动,即弃官不做,跟着李白学诗,后成为著名诗人。

月牙泉

一泓清泉卧漠中，
千年蒸腾不干枯。
任凭鸣沙呼啸去，
澄澈如镜育青松。

2017 年 6 月 2 日

生日快乐

任凭大巴的颠簸

反复计算着时区的差落

送一份生日的祝福

又怕惊扰果果的学习与生活

踌躇中

耳际响起了呼喊的电波

"爷爷"

眼睛里闪烁着晶莹的泪光

脑海里浮现着幸福的回想

育红幼儿园的小树

阻隔着亲人的视线

一个天真的声音下令

"我爷爷有办法"

幼年的自信

让我有着莫名的幸福

镜小的教室里
一个"起立、坐下"的童音
在变声中喊了六年
到了荟萃中学
"老班长"便成了
特殊的名号

在全校大会上
她主持、司仪
调度着同学、老师、校长
发言、讲话、颁奖
在晚会的舞台上
她指挥
淡定、严肃、风雅
她领舞
矫健、活泼、优美
在同学的人群里
大队长的队标
伟岸、鹤立、潇洒
在我书房的记事本里
记录着各科学习成绩
有着许多"第一"的惊讶

远方的月亮,十分明媚
明媚里是灿烂的笑脸
笑脸旁是闪闪的烛光
烛光下是多彩的蛋糕
我激动地呼叫
让我分享一份甜蜜
与大家齐声歌唱
果果,生日快乐

2017 年 6 月 18 日于摩洛哥

秋　凉

秋凉袭窗风卷帘，
击我肌肤栅栏前。
苦思昔日不惑事，
咳自胸肺痛连肩。

2017 年 9 月 23 日

柔力球女

拍如面鼓，
球似飞弧。
轻伸臂肘，
太极起舞。
银发鬈髻，
英姿简朴。
锦衣束身，
窈窕淑女。

2017 年 10 月

记忆的风度

面对一张照片

正端详着丰韵

忽被儒雅打动

一股书卷之风

扑面而来

学识渊博的囡

知书达理、气质芳华

豁达开朗、风度淑雅

岁月虽逝

朱颜未改

还有那微微的笑

透露着记忆的风度

2017 年 11 月 3 日

聚会打油

公牛母牛安庆游①，
带上猪鼠和虎狗。
瞻仰先贤论独秀，
敬佩稼先说世祖②。
宝塔顶上品宜风，
巨石山下拜鸿六③。
燕子④忙碌为何般，
情缘雨耕义长流。

2017 年 11 月 15 日

注:①安庆游:参加安庆二日游的同学多数于 1949 年出生,属相
为牛。
② 世祖:两弹元勋邓稼先的世祖邓石如的故居,在距安庆城
15 公里的五横乡。

③ 鸿六:严凤英的乳名。

④ 燕子:旅游的组织者柴飞燕,昵称燕子。

和老董①

县衙无数算个啥，
几条木棍几个娃。
俸禄几石打个牙，
迎来送往跪地洼。
出门威风鸣锣起，
进门繁杂乱抓瞎。
若让县令重就业，
愿随老董走天涯。

2017 年 11 月 26 日

注：①老董在桐城发现自己的老家就在县衙旁边，叹怎么没
当上官（自嘲）。我在他的文帖后，偶成一首《和老董》。

题南京静物

金陵城墙青春秀，
秦淮杜鹃嫩芽抽。
欣闻雨耕学子①游，
不知时节已深秋。

注:①雨耕学子:一座百年老校坐落在雨耕山上,故其学子被称为"雨耕学子"。2017 年深秋,百余名七旬老人到南京寻古游,由南京籍同学当导游。

山林与精灵

在那遥远的今天
诞生了
一只美丽的精灵
精灵,轻轻地
飞进了山的森林
在山林的心灵里
深深地扎根

年迈的山林,在睡梦中
重温着童年的甜蜜
醒来时
流着苦涩的口液
那甜蜜
仿佛星光
消失在天空里

精灵重回
与山林重逢
山林涌下思雨
驾起了一道飞虹
飞虹,驾云而去
若一条细细的长河
带走所有的懵懂

阳光照耀今日
又将一岁过去
精灵迎来了
七十芳龄
山林送上一份祝福
浴血的真诚
那不是空浮的抒情

2017 年 11 月 29 日

照　片
——题友人七十岁照

风韵犹在彩霞晕，
疑为岁月已封存。
冰肌玉骨今又是，
伊人健康超年轮。

2017 年 11 月 29 日

乍寒送暖

·

初冬乍寒方知冷，
微信传帖飞美文。
劝君红泥火炉酒，
品尝友谊再重温。
相互欣赏显雅量，
彼此谅解见胸襟①。
试问此般何以有，
缘于寒窗手足情。

2017 年 11 月 30 日

注：①同学聚会，过去的误会、矛盾一笑而过。

观《芳华》

昔日骄子秀芳华，
血统高贵难容他。
刘锋卑微勤努力，
真爱反陷成傻瓜。
小萍失宠欲奋斗，
童心被辱难成花。
人间世情已扭曲，
难忍怜惜泪涟发。

2017 年 12 月 1 日

咏亲人

心如明镜情意真，
拨开清流育万民。
纵有赞誉不自傲，
默默无欲献终身。

2017 年 12 月 5 日

乡 愁
——怀念母亲

小的时候，
乡愁是一挂长长的鞭炮，
我抓这头，妈点那头。

上学的时候，
乡愁是一封封手写的书信，
孩在这头，娘在那头。

工作的时候，
乡愁是一张张廉价的车船票，
单位在这头，家在那头。

后来啊，
乡愁是一种柔柔的牵挂，
人在这头，心往那头。

再后来啊，乡愁是一座方方的墓碑，
儿在外头，母亲在里头。

现在啊，
乡愁是一烛浓浓的纸香。
站在东头，望向西头。

2017 年 12 月 8 日母亲忌日

古镇思^①

木房石径沐冬风，
游完西街又向东。
寻思故乡^②原踪影，
偏偏只见一老翁^③。

2017 年 12 月 16 日

注：①为游西河古镇一照片配诗。

　　②故乡：安庆老街小拐角头。

　　③偏偏只见一老翁：在街上见一老乡，留影一张。

清风茗香

今晨的阳光
驱散了雨雪的风寒
一缕清风
舒展着紧缩的心房
沏一杯淡淡的茶
记住嘱咐,静品茗香
无言的思念
驾附茶香,飘向远方

喜悦还是愁伤
不适还是健康
吟诵伯虎的诗
猜着唐寅的谜
为何停下
激情顿时失落

隐隐的痛

顷刻间,无情的牵挂

面对青烟表白

此生如茶

一片绿

一片发酵的茗

溶解自己的肢体

潜入身内,钻进血液

与愉悦同流

陪伴着,地久天长

2018 年 1 月 9 日

沁园春·话雪

媒体发告,街巷呼喊,迎君驾到。看学校停课,师生休考;高速封闭,机场停运,高铁不跑。银花喜降,愉乐江城悦老少。堆雪人,少年多花俏,摄影报道。

军民挥铲让道,秩序井然阳光高照。忽无情突变,狂卷怒号;世人辛苦,皆为徒劳。道路无迹,菜场无蔬,亲人难见病叟难熬。试问之,喜后而生厌,为何非要?

2018 年 1 月 27 日

红月夜思

空中生明月，
忽见身染血。
举头手拍照，
低头思凝雪。
嫦娥可安康，
吴刚能自越？
若无日强食，
岂有圆而缺？

2018 年 1 月 31 日

残雪迎春

远树青山留残影，
江岸寒风照晚晴。
春意归来已无际，
悴颜陪伴送一程。
风华尽献死无憾，
唯有相思傍绿生。
待到麦花怒放时，
再忆昨日喜雪情。

2018 年 2 月 8 日

守　岁

除夕欢杯无醉意，
围炉守岁不思眠。
荧屏红包忙争抢，
喜如童少情谊绵。
鸡去狗来今夜尽，
忽觉鬓霜又蔓延。
借来窗前蓝花蕊，
相约蜂燕履新年。

2018 年 2 月 15 日

渔歌子·春雨

丝丝细雨落无声，
花间柳下湿无痕。
梅花滴，柳芽伸，
桃枝含苞身无尘。

2018 年 2 月 20 日

静夜望月

月照西窗淡彩空，
东西两园亦相同。
花木绚丽参差似，
静夜望月思君容。

2018 年元宵节

上元夜吟

一元复始元宵至，
万家灯火酒席痴。
倚窗卷帘空对月，
思忆难眠谁人知。
少年情怀随风去，
七十过后一卷诗。
约君尽读人间书，
余生奋笔再奔驰。

2018 年 3 月 2 日

延安行

三月春雨催苏生，
不忘初心延安行。
踏遍两江三山径，
阅尽先贤民族情。
方尺窑洞书真理，
梁家河畔育新人。
昔日立国鸿鹄志，
今朝强威梦圆成。

2018 年 3 月 19 日

秦川桃花红

雨前秦川山未绿，
唯有桃花遍泛红。
梁上连片路成行，
黄白浅粉各不同。
塬中散落似星月，
高速锦簇现彩龙。
沟壑壁前挂几枝，
高坡峁间又一丛。

2018 年 3 月 20 日于延安至西安途中

看　帖

书斋忽听手机鸣，
疑是群友发帖声。
疾指点开不见字，
一喜一忧总关情。

2018 年 3 月 22 日

饮　茶

几片绿芽两指间，
紫砂壶里凝翠烟。
精温细沏热水沸，
浅尝品香醉如仙。

2018 年 3 月 24 日

庆生吟

回眸弹指古稀宴，
日月沉浮一瞬间。
唯有君帖润枯径，
朝夕点读从未闲。

2018 年 3 月 31 日

左岸槭叶红

四月树绿花辞去，
独有红槭艳碧中。
远看似花近是叶，
冠如紫云枝伞丛。
枝叶茂密翠如滴，
细枝瘦干托丹彤。
不与鲜花争斗艳，
雌雄素装生同株。

2018 年 4 月 13 日

读　信

书房独光不夜天，
日月有情未随缘。
往事浮现清晰见，
捶胸悔恨数十年。

2018 年 5 月 4 日

惜　别

——送友远游

狂风暴雨百花折，
柳枝离树着地垂。
故人见景心已碎，
问君此去何时归。

2018 年 5 月 25 日

姑苏行
——为校友苏州游作

毕竟苏州天堂中，
风光不与家乡同。
拙政园里无穷碧，
寒山寺旁荷花红。
姑苏流水穿房过，
盘门古迹故事多。
晓出初游在姑苏，
携手西出又往东。

2018 年 5 月 30 日

叹岸柳残月

岸柳残月言情痴，
人生最苦重逢迟。
蛙鸣叹息花落泪，
子规长曲亦为诗。

2018 年 5 月

重五问安康

碧艾倚门蒲草香，
妇孺包粽迎端阳。
相邀共醉杯中物①，
祝君安康同饮黄②。

2018 年 6 月 13 日

注:①杯中物:酒的另称。
　②黄:雄黄酒。